柳梢青

感悟人生

刘存发 况瑞峰 著

山西出版传媒集团
山西人民出版社

图书在版编目（CIP）数据

柳梢青：感悟人生 / 刘存发、况瑞峰著 . —太原：山西人民出版社，2022.9
ISBN 978-7-203-12407-8

Ⅰ . ①柳… Ⅱ . ①刘… ②况… Ⅲ . ①词（文学）—作品集—中国—当代 Ⅳ . ① I227.8

中国版本图书馆 CIP 数据核字（2022）第 167173 号

柳梢青：感悟人生 LIUSHAO QING GANWU RENSHENG

著　　者：刘存发　况瑞峰
责任编辑：高　雷
复　　审：吕绘元
终　　审：武　静

出 版 者：山西出版传媒集团 · 山西人民出版社
地　　址：太原市建设南路 21 号
邮　　编：030012
发行营销：0351 - 4922220　4955996　4956039　4922127（传真）
天猫官网：https://sxrmcbs.tmall.com　电话：0351 - 4922159
E — mail：sxskcb@163.com　发行部
sxskcb@126.com　总编室
网　　址：www.sxskcb.com

经 销 者：山西出版传媒集团 · 山西人民出版社
承 印 厂：山西出版传媒集团 · 山西新华印业有限公司

开　　本：889mm × 1194mm　1/32
印　　张：8.125
字　　数：50 千字
版　　次：2022 年 9 月　第 1 版
印　　次：2022 年 9 月　第 1 次印刷
书　　号：ISBN 978-7-203-12407-8
定　　价：39.00 元

词坛种玉　别样痴情

（代序）

用同一词牌挥洒出百首词作并结集出版，令我等在炫目的同时，也对作者的率真与执着不由自主地心生敬意。

柳梢青，又名“陇头月”“玉水明沙”“早春怨”等，无论怎样称谓，词律基本都是一致的。其最大的特点在于，上阕均为四字赋句式的排比铺陈，因而使得看似轻描淡写的词牌寓意为把玩者的情感宣泄和意趣引申提供了极大的空间。或许，这是存发君对这一词牌钟爱有加并发挥到极致的因由所在吧！

中华优秀文化之所以能够绵延不断、生生不息，其根本原因在于各种艺术门类间的相互浸润与渗透。无独有偶，词律与书法的架构虽同属于专业上的行为规范，但词的意境和书法的精神则是各自艺术本体的品评坐标。换言之，研判一首词或一幅书法作品的好坏，并不取决于某个词牌或哪种书体，而在其化外功夫的高低。仅从书法的角度来审视存发君的词作，大抵应属于后者。因为，在其笔下鲜有被“柳梢青”这一物象化词牌所迷惑的无病呻吟，更多的则是借助框架结构来表达自己的真情实感——或直抒胸臆，或痛快淋漓。此等以小博大、举重若轻的春秋笔法，与写字人“取法乎上”的化外功大有异曲同工之妙。如其《柳梢青·宽容》“大度兼容，汇流为海，积石成峰。天阔云舒，地宽草盛，满目春浓。能伸能屈能融，责于己、待人厚忠。喜气消愁，和风化恨，仁爱无穷”一词，上阕看似中规中矩的对春景的描画，实则是为下阕的心绪抒发做充分的铺垫。尤其是“和风化恨，仁爱无穷”，庶几可视作其“历尽人生不平事”之后的又一“人间词话”，既为词眼亦是真情矣。

与存发君相识，还要感谢中国楹联学会和野草诗社近年来组织的若干传统文化类活动。此君虽名不见经传，亦非书法同道中人，但作为天津的小同乡，他便自然而然与我有了一种亲切感。随着见面的机会增多，加之其多年来对传统文化事业的无私奉献，让我这个如今已是“思乡客”的古稀之人，既感到欣慰又与有荣焉，也便逐渐对这位小同乡刮目相看了。尤其是身为建筑设计领域的翘楚，他在事业有成之后却不慕虚名、甘于寂寞，且华丽转身为著作颇丰的当代词家，就不得不重新审视其成功背后的故事了。一年一本词集，产量之高、身手之快，令人眼花缭乱和赞叹不已的同时，也让各界对他多了几分了解。从中不难看出，其现如今几近痴迷的率真与执着，恰是他在本专业和个人爱好之间游刃有余的最好佐证。“孤帆远影碧空尽，唯见长江天际流”，在祝福存发君“词坛种玉”收获更多成果的同时，也寄希望于他能从自己多舛的人生历练中萃取更多的正能量，并汇聚成磅礴的前行动力，进而充分运用长短句这种独具特色的传统文化艺术表现形式，为中华民族伟大复兴中国梦，为社会主义新时代鼓与呼。

在《柳梢青：感悟人生》一书即将付梓之际，谨以此短文致贺。

是为序。

蘇士澍

壬寅春于京华

目录

終日奔波清驩盡少
妄念無多名利浮雲
流光不再歲月如梭
輸贏得失如何衹
一咲悟然而過自適
隨緣急流勇退把酒
當謌

劉存發詞柳梢青凡人
辛丑春初沈瑞峰書

柳梢青·凡人

终日奔波，清欢尽少，妄念无多。
名利浮云，流光不再，岁月如梭。
输赢得失如何！只一笑、恬然而过。
自适随缘，急流勇退，把酒当歌。

扫码听音频

智慧人生輸清心痛看
懂傷情莫喜休悲安
然若素似夢猶醒糊
塗更勝精明放心底
深藏不爭自在隨緣
剛柔並濟不務虛名

劉存發詞柳梢青糊塗
辛丑春初沈瑞峰書

柳梢青·糊涂

智慧人生，看清心痛，看懂伤情。

莫喜休悲，安然若素，似梦犹醒。

糊涂更胜精明，放心底、深藏不争。

自在随缘，刚柔并济，不务虚名。

扫码听音频

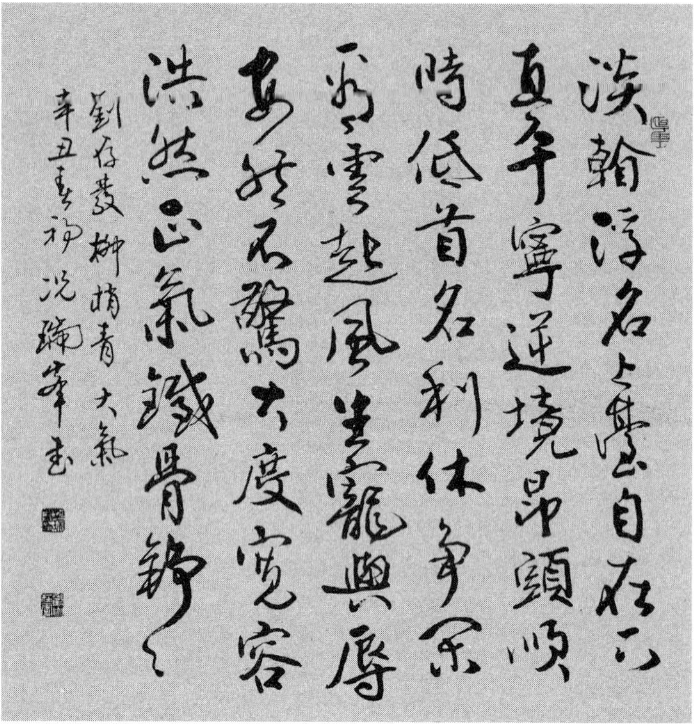

柳梢青·大气

淡看浮名，上台自在，下直平宁。

逆境昂头，顺时低首，名利休争。

闲看云起风生，宠与辱、安然不惊。

大度宽容，浩然正气，铁骨铮铮。

扫码听音频

贏得虛名輸衡自己少了純情學會謙卑抛離雜念遠辯紛爭水柔宛轉紆行緩與急聲侄浪平禮讓三分淡然一笑瀟灑終生

劉存發詞柳梢青不爭

辛丑春初沅瑞峯書

柳梢青·不争

赢得虚名，输亏自己，少了纯情。
学会谦卑，抛离杂念，远避纷争。
水柔宛转纡行，缓与急、声低浪平。
礼让三分，淡然一笑，潇洒终生。

扫码听音频

草翠縹青花嬌自綻水
靜無聲喧罵由他是非
勿辯守口如瓶紅塵翰
破休爭善緣在心知肚
明低調謙虛直而不犯
坦蕩安寧

辛丑春初

劉存發詞柳梢青 沉默 瑞華書

柳梢青·沉默

草翠缥青，花妍自绽，水静无声。
笑骂由他，是非勿辩，守口如瓶。
红尘看破休争，善缘在、心知肚明。
低调谦虚，直而不犯，坦荡安宁。

扫码听音频

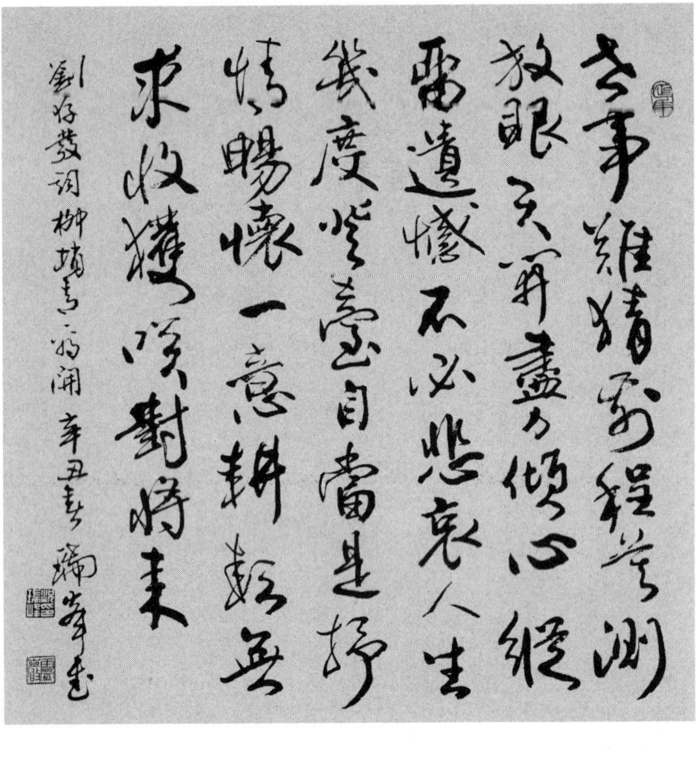

柳梢青·看开

世事难猜，前程莫测，放眼天开。
尽力倾心，纵留遗憾，不必悲哀。
人生几度登台，自当是、抒情畅怀。
一意耕耘，无求收获，笑对将来。

扫码听音频

意淡心輕，富貧由命，辱寵何驚。四大皆空，六根清淨，感悟今生。非關薄利虛名，信天命、無求不爭。一局殘棋，半壺老酒，笑對輸贏。

劉存發詞柳梢青

辛丑春初 況瑞峰書

柳梢青·淡然

意淡心轻，富贫由命，辱宠何惊。

四大皆空，六根清净，感悟今生。

非关薄利虚名，信天命、无求不争。

一局残棋，半壶老酒，笑对输赢。

扫码听音频

诸事皆缘胸襟淡泊
自得清闲适性相行从
心取静随遇能安笑
观去方圆聚还散顺
其自然苦海无边轻舟
可渡定笑参禅

刘存发词柳梢青随缘 辛丑春 瑞峰书

柳梢青·随缘

诸事皆缘，胸襟淡泊，自得清闲。

适性相行，从心取静，随遇能安。

笑观世上方圆，聚还散、顺其自然。

苦海无边，轻舟可渡，定若参禅。

扫码听音频

知足安生不求利祿莫逐虛名朗月多情清風無價盡享休爭經年辛苦躬耕文消得稻粱幾升雨間茅舍一張書桌樂在清平

劉有發詞柳梢青知足 辛丑春初 瑞年書

柳梢青·知足

知足安生，不求利禄，莫逐虚名。
朗月多情，清风无价，尽享休争。
经年辛苦躬耕，又消得、稻粱几升。
两间茅舍，一张书案，乐在清平。

扫码听音频

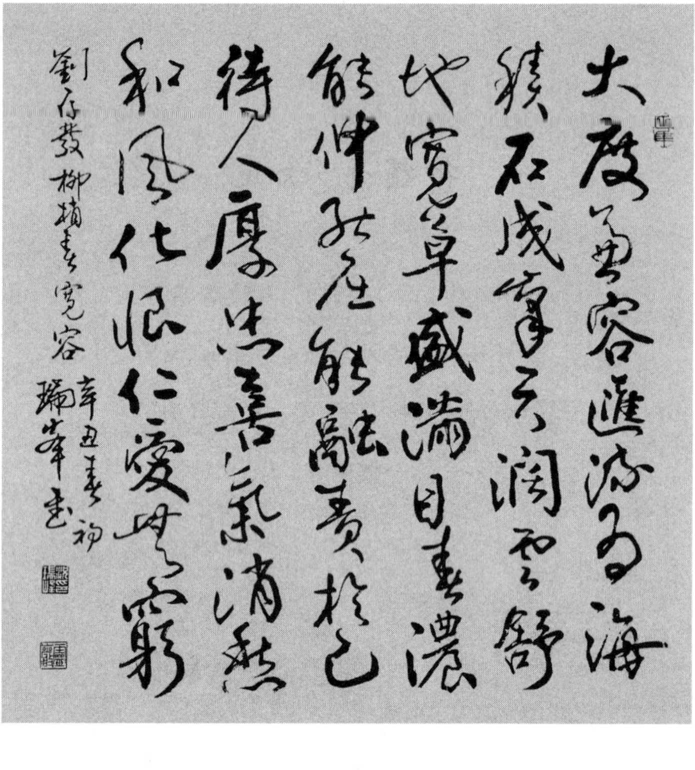

柳梢青·宽容

大度兼容，汇流为海，积石成峰。
天阔云舒，地宽草盛，满目春浓。
能伸能屈能融，责于己、待人厚忠。
喜气消愁，和风化恨，仁爱无穷。

扫码听音频

小肚雞腸空言大
夢一枕黃粱哄口
常開童心未泯灑
遍陽光謙恭内蘊
温良敬且讓雍容
大方從善如流虛
懷若谷一掃輕狂

劉存發詞柳梢青 辛丑春 瑞峰書

柳梢青·谦让

小肚鸡肠，空言大梦，一枕黄粱。

笑口常开，童心未泯，洒遍阳光。

谦恭内蕴温良，敬且让、雍容大方。

从善如流，虚怀若谷，一扫轻狂。

扫码听音频

不務虛功一身正氣兩
袖清風富貴功名過
眼煙雲擲下輕松花開
花落匆匆無間物空中
有空寵辱不驚去留
無意淡定從容

劉存發詞柳梢青功仁
辛丑春初沅瑞峰書

柳梢青·功名

不务虚功，一身正气，两袖清风。
富贵功名，过眼烟云，掷下轻松。
花开花落匆匆，世间物、空中有空。
宠辱不惊，去留无意，淡定从容。

扫码听音频

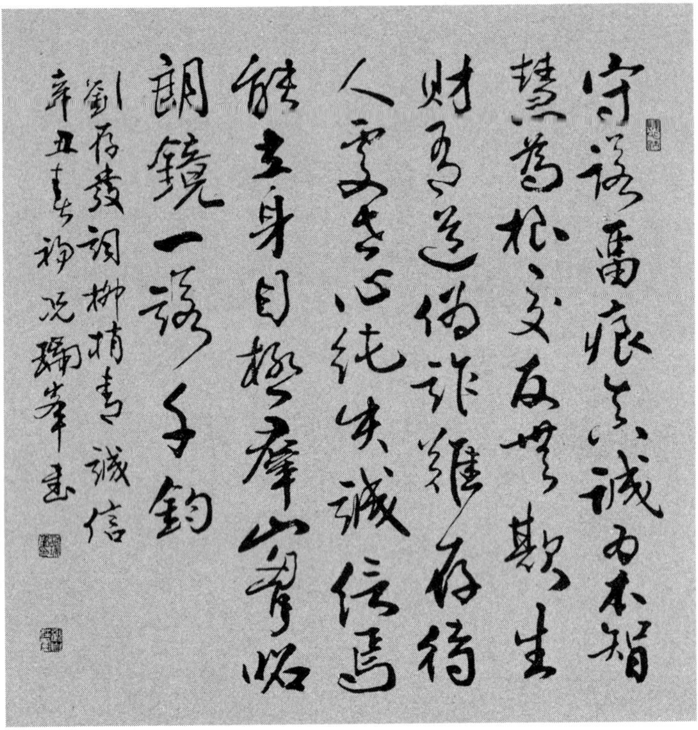

柳梢青·诚信

守诺留痕，真诚为本，智慧为根。
交友无欺，生财有道，伪诈难存。
待人处世心纯，失诚信、焉能立身。
目极群山，胸昭朗镜，一诺千钧。

扫码听音频

行善修身超乎因果本
性純真積德興家勸
人釀福天道酬勤胸藏
大愛隆恩又何懼風
來雨踪秋水襟懷春
風意緒玉魄冰魂

劉存發詞柳梢青善良
辛丑春初 沈瑞峰書

柳梢青·友善

行善修身，超乎因果，本性纯真。
积德兴家，亏人酿祸，天道酬勤。
胸藏大爱隆恩，又何惧、风来雨临。
秋水襟怀，春风意绪，玉魄冰魂。

扫码听音频

不尚虛誇光明坦蕩潔雪無瑕正本冲天深根伏地氣骨無邪真誠更勝浮華聳筋骨行端品佳雨掃貞松風搖素竹自立天涯

劉存發 柳梢青 正直

辛丑春初 沈瑞峯書

柳梢青·正直

不尚虚夸，光明坦荡，洁雪无瑕。
正本冲天，深根伏地，气骨无邪。
真诚更胜浮华，耸筋骨、行端品佳。
雨扫贞松，风摇素竹，自立天涯。

扫码听音频

厚道誠志
溫和似玉
守信如鐘
豁達情懷
善良心地
到處圓融
猶臨雨後清風
絢爛處心飛彩虹
潤比甘霖
暖同春日
大海襟胷

劉存發詞柳梢青厚道
辛丑春初沈瑞峰書

柳梢青·厚道

厚道诚忠，温和似玉，守信如钟。

豁达情怀，善良心地，到处圆融。

犹临雨后清风，绚烂处、心飞彩虹。

润比甘霖，暖同春日，大海襟胸。

扫码听音频

養性脩身敏於德義
重在純真淡泊襟懷
深藏錦繡盡掃塵氛
寬嚴責己施人論情
誼長存感恩自得天
機濟人利物樂道安
貧

劉存發詞柳梢青修養

辛丑春初沈瑞峰書

柳梢青·修养

养性修身，敏于德义，重在纯真。

淡泊襟怀，深藏锦绣，尽扫尘氛。

宽严责己施人，论情谊、长存感恩。

自得天机，济人利物，乐道安贫。

扫码听音频

心態應寬舍為投入
得可隨緣暮送夕陽
朝迎旭日寄望明天
昔時回首難堪莫重
念甜鹹苦酸義理居心
浮華過眼得失何干
劉存發柳梢青舍得
辛丑春初沅瑞筆述

柳梢青·舍得

心态应宽，舍为投入，得可随缘。

暮送夕阳，朝迎旭日，寄望明天。

昔时回首难堪，莫重念、甜咸苦酸。

义理居心，浮华过眼，得失何干？

扫码听音频

操持唯勤戒奢尚儉在富思貧薪水承權榮樣競秀敬老尊親敦詩悅禮時溫慎言語篤行至純淘冶春風清如秋水萬代馨芬

劉存發詞柳梢青齊家

辛丑春初沈瑞峰書

柳梢青·齐家

操持惟勤，戒奢尚俭，在富思贫。

菽水承欢，棠棣竞秀，敬老尊亲。

敦诗悦礼时温，慎言语、笃行至纯。

煦若春风，清如秋水，世代馨芬。

扫码听音频

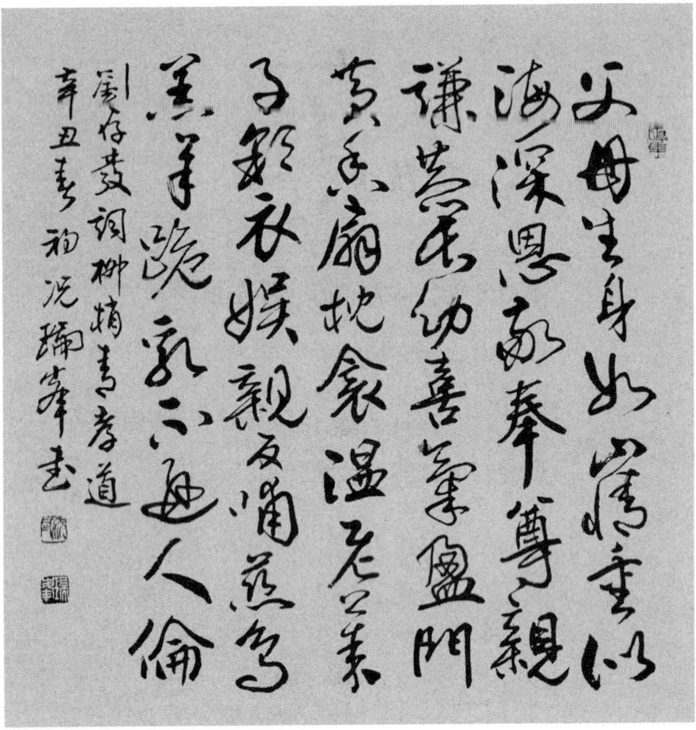

柳梢青·孝道

父母生身，如山情重，似海深恩。

敬奉尊亲，谦恭长幼，喜气盈门。

黄香扇枕衾温，老莱子、彩衣娱亲。

反哺慈乌，羔羊跪乳，不逊人伦。

扫码听音频

幸福深埋平和態度
浪漫情懷鄰里寬容
街坊友善老少無猜
同輸花落花開也共
待風臨雨來守護青
山流連碧水天地和
諧

劉存發詞柳梢青和諧
辛丑仲春 沈瑞峯書

柳梢青·和谐

幸福深埋，平和态度，浪漫情怀。

邻里宽容，街坊友善，老少无猜。

同看花落花开，也共待、风临雨来。

守护青山，流连碧水，天地和谐。

扫码听音频

霞漫清晨暉燃正午
夕照黃昏寸草三春
單衣一綫游子知恩孝
鳥反哺慈親更飛向
晴空白雲飲水思源
銜環結草抱樸存真

劉存藝詞柳梢青感恩
辛丑仲春沈瑞華書

柳梢青·感恩

霞漫清晨，晖燃正午，夕照黄昏。

寸草三春，单衣一线，游子知恩。

孝鸟反哺慈亲，更飞向、晴空白云。

饮水思源，衔环结草，抱朴存真。

扫码听音频

赤縣神州英雄輩出
譜寫春秋氣壯山河
光昭日月浩氣長留
蒼生滿目傷憂爲正
義從容斷頭一片丹
心千年青史競顯風
流

劉存發詞柳梢青愛國
辛丑仲春 況瑞峰書

柳梢青·爱国

赤县神州，英雄辈出，谱写春秋。
气壮山河，光昭日月，浩气长留。
苍生满目伤忧，为正义、从容断头。
一片丹心，千年青史，竞显风流。

扫码听音频

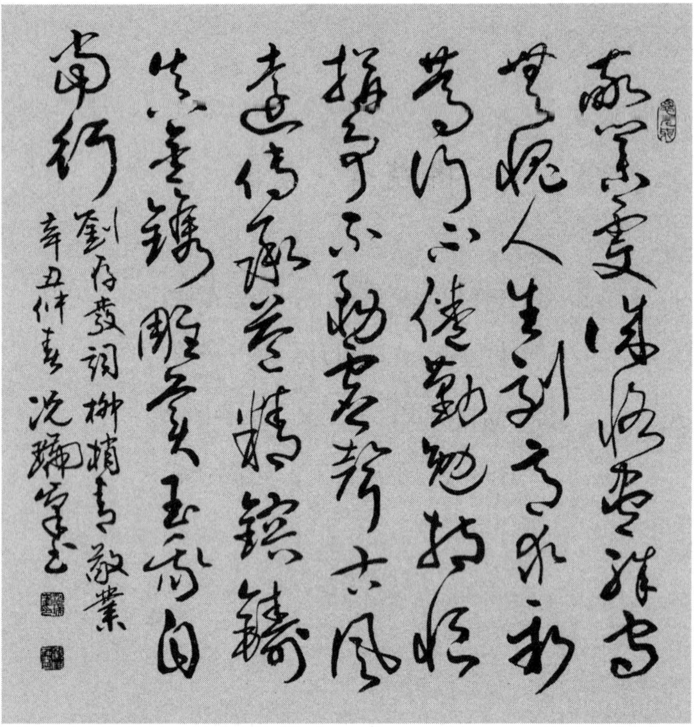

劉存發詞柳梢青敬業

辛丑仲春

柳梢青·敬业

敬业虔诚，恪尽职守，无愧人生。
刻意求新，笃行不倦，勤勉持恒。
拼争不务虚声，古风远、传承益精。
熔铸真金，镌雕美玉，我自当行。

扫码听音频

滙水成川聚沙成塔
積土成山鐵杵磨針
鍥而不舍好夢終圓
全憑意志強頑善終
始恒心向前掘井艱深
癡情無悔必見清泉

劉存發詞柳梢青恒心
辛丑春月 況瑞華書

柳梢青·恒心

汇水成川，聚沙成塔，积土成山。
铁杵磨针，锲而不舍，好梦终圆。
全凭意志强顽，善终始、恒心向前。
掘井艰深，痴情无悔，必见清泉。

扫码听音频

英豪揚奮發風傲骨
志士仁人梅綻三冬蓮
芳九夏蘭放初春平
生不負天恩又何懼
艱難苦辛練手文章
肩擔道義立德修身

劉存發詞柳梢青 担當
辛丑仲春 况瑞萍書

柳梢青·担当

美誉扬芬，英风傲骨，志士仁人。

梅绽三冬，莲芳九夏，兰放初春。

平生不负天恩，又何惧、艰难苦辛。

棘手文章，肩担道义，立德修身。

扫码听音频

奉獻無私飛蜂釀蜜
蠶繭凝絲大樹蒙蔭
清泉潤物芳草疊堤
分香莫惜玫瑰互沾手
顏開意隨一敲心扉幾
聲問候別樣情癡
劉存發詞柳梢青奉獻
辛丑仲春 沈瑞峯書

柳梢青·奉献

奉献无私，飞蜂酿蜜，蚕茧凝丝。
大树蒙荫，清泉润物，芳草丰堤。
分香莫惜玫瑰，互沾手、颜开意随。
一敞心扉，几声问候，别样情痴。

扫码听音频

智有愚聰精明苦累
傻點輕鬆難得糊塗
實非懦弱恰為中庸
何勞自作奸雄放開去
心寬海容少記煩憂
多存感念快意無窮

劉存發詞柳梢青　傻之氣
辛丑仲春沈瑞峰書

柳梢青·傻气

智有愚聪，精明苦累，傻点轻松。

难得糊涂，实非懦弱，恰得中庸。

何劳自作奸雄，放开去、心宽海容。

少记烦忧，多存感念，快意无穷。

扫码听音频

溪水消漣江波泄湧
不必爭攀綠草芊穠
名花富麗一樣嬌娒
貧家秀色窗前野花
草笑意嫣然獨享和
風分沾雨露不在清閑

劉存發詞柳梢青 平凡

辛丑仲春 沈瑞峰書

柳梢青·平凡

溪水涓涟，江波汹涌，不必争攀。

绿草芊秾，名花富丽，一样娇妍。

贫家秀色窗前，野花草、笑意嫣然。

独享和风，分沾雨露，乐在清闲。

扫码听音频

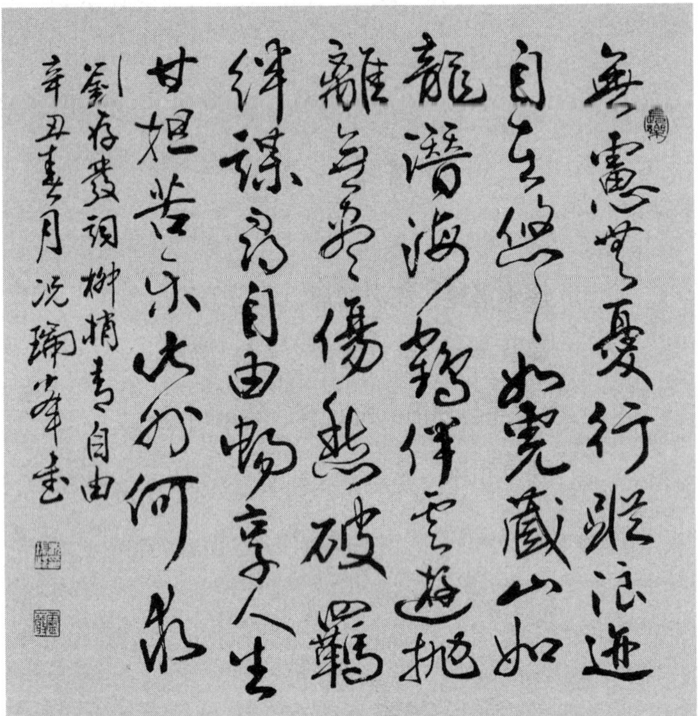

柳梢青·自由

无虑无忧，行踪浪迹，自在悠悠。

如虎藏山，如龙潜海，鹤伴云游。

抛离无尽伤愁，破羁绊、谋寻自由。

畅享人生，甘担苦乐，此外何求。

扫码听音频

久羨書狂引錐刺骨
鑿壁偷光忙裏求閑
苦中作樂譜寫華章
十年映雪對寒窗自不負
青春俊良一世功成
百年奉獻萬代傳揚
劉存發詞柳梢青好學
辛丑仲春 沈瑞峰書

柳梢青·好学

久羡书狂，引锥刺股，凿壁偷光。
忙里求闲，苦中作乐，谱写华章。
十年笑对寒窗，自不负、青春俊良。
一世功成，百年奉献，万代传扬。

扫码听音频

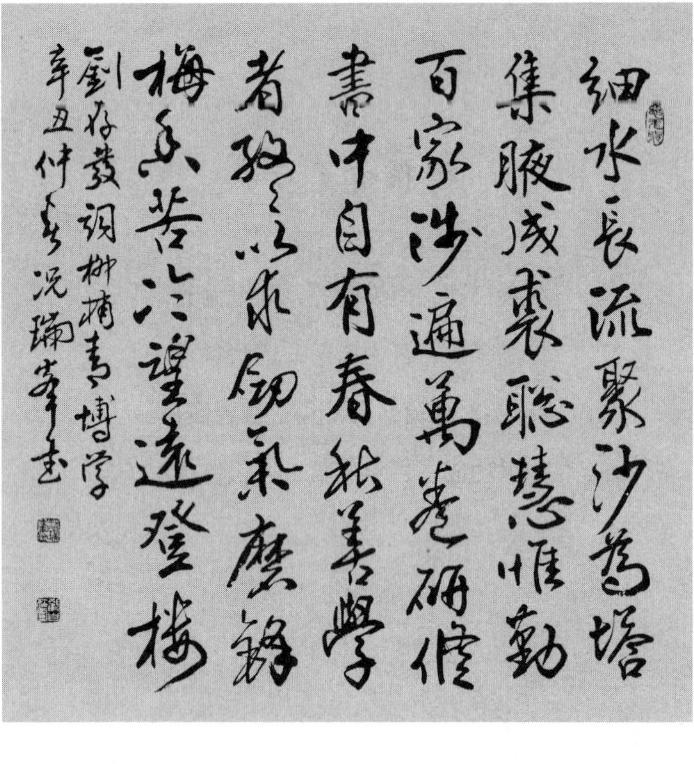

柳梢青·博学

细水长流，聚沙为塔，集腋成裘。
聪慧惟勤，百家涉遍，万卷研修。
书中自有春秋，善学者、孜孜以求。
剑气磨锋，梅香苦冷，望远登楼。

扫码听音频

達地知根讀書有益
温故知新刺股懸梁
熒囊映雪苦也懽欣
英才多出寒門不知
倦持恒恪勤學海無
涯書山有徑志在青
雲

劉存發詞柳梢青治學
辛丑仲春 沈瑞峰書

柳梢青·治学

达地知根，读书有益，温故知新。

刺股悬梁，萤囊映雪，苦也欢欣。

英才多出寒门，不知倦、持恒恪勤。

学海无涯，书山有径，志在青云。

扫码听音频

達理通情溫恭謙遜耿直應酬取媚欺心巧言假意久則難行蓮花不負清名出淤泥馨芳守貞白袍紅裳潔身自好顧影娉婷

劉存發詞柳梢青一首 辛丑仲春 沈瑞華書

柳梢青·方正

达理通情，温恭谦逊，耿直廉明。
取媚欺心，巧言假意，久则难行。
莲花不负清名，出泥沼、孤芳守贞。
白羽红装，洁身自好，顾影娉婷。

扫码听音频

朋友無間清淡若水
素潔如蘭曉意知心
管筆盡好割席分毡
知音得遇隨緣子期逝
伯牙斷弦流水高山
陽春白雪琴為誰彈
劉振鼓詞柳梢青擇文
辛丑仲秋 況瑞華書

柳梢青·择友

朋友无间，清淡若水，素洁如兰。
晓意知心，管华虚好，割席分毡。
知音得遇随缘，子期逝、伯牙断弦。
流水高山，阳春白雪，琴为谁弹？

扫码听音频

何謂天真逍遥自在
品性單純心浄無邪
清同甘露皎若星辰
朝朝對鏡修身樂施
善淳誠待人領悟人
生功名糞土富貴浮
雲

劉存蘐詞柳梢青·天真

辛丑仲春况瑞峰書

柳梢青·天真

何谓天真？逍遥自在，品性单纯。

心净无邪，清同甘露，皎若星辰。

朝朝对镜修身，乐施善、淳诚待人。

领悟人生，功名粪土，富贵浮云。

扫码听音频

金石弥坚松杉刚劲
素辟焜煌不做凡夫
远离俗随追慕贤良
菊花冷艳贞芳雨露
浸依然蕴系独守疏
篱甘居短槛乐伴秋
光

刘存发词柳梢青品性
辛丑春月 池瑞峰书

柳梢青·品性

金石弥坚，松杉刚劲，圭璧焜煌。
不做凡夫，远离俗陋，追慕贤良。
菊花冷艳贞芳，雨霜浸、依然蕴香。
独守疏篱，甘居短槛，乐伴秋光。

扫码听音频

露坦披誠回歸本性
抱樸存真世事無常
做人有度去就知分
寒梅鐵骨冰寬雪霜
酷幽香暗紛信寄纖
枝情萌瘦蕾咲領乾
坤

劉存發詞柳梢青節操
辛丑仲春況瑞峰書

柳梢青·节操

露坦披诚，回归本性，抱朴存真。

世事无常，做人有度，去就知分。

寒梅铁骨冰魂，雪霜酷、幽香暗纷。

信寄纤枝，情萌瘦蕾，笑领乾坤。

扫码听音频

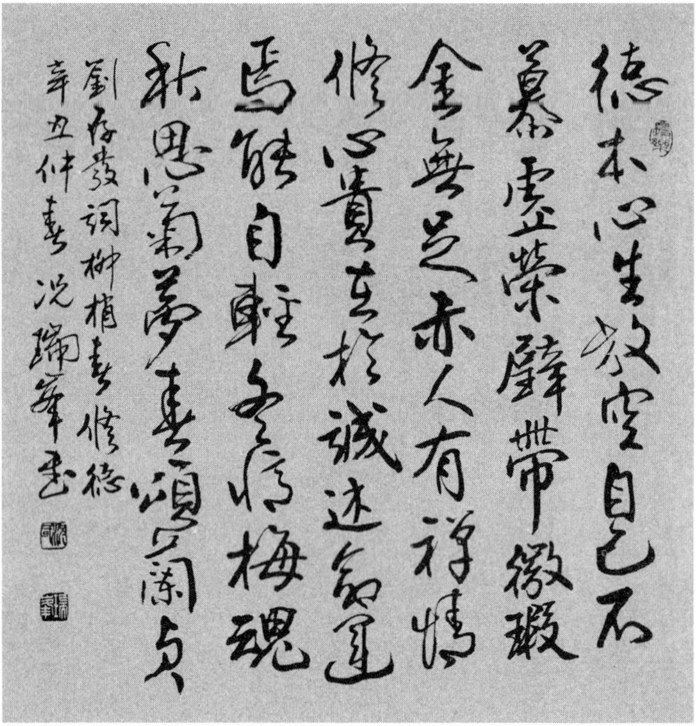

柳梢青·修德

德本心生，放空自己，不慕虚荣。
璧带微瑕，金无足赤，人有禅情。
修心贵在于诚，述命运、焉能自轻。
冬忆梅魂，秋思菊梦，春颂兰贞。

扫码听音频

前路蜿蜒歸鴻遠去落日西山幾許憂愁幾多苦惱諸事隨緣慣輸逆順離遷不如意迎之泰然望盡流雲浮生若夢往事如煙

劉存發詞柳梢青缺憾

辛丑初春 倪瑞峰書

柳梢青·缺憾

前路蜿蜒，归鸿远去，落日西山。
几许忧愁，几多苦恼，诸事随缘。
惯看逆顺离迁，不如意、迎之泰然。
望尽流云，浮生若梦，往事如烟。

扫码听音频

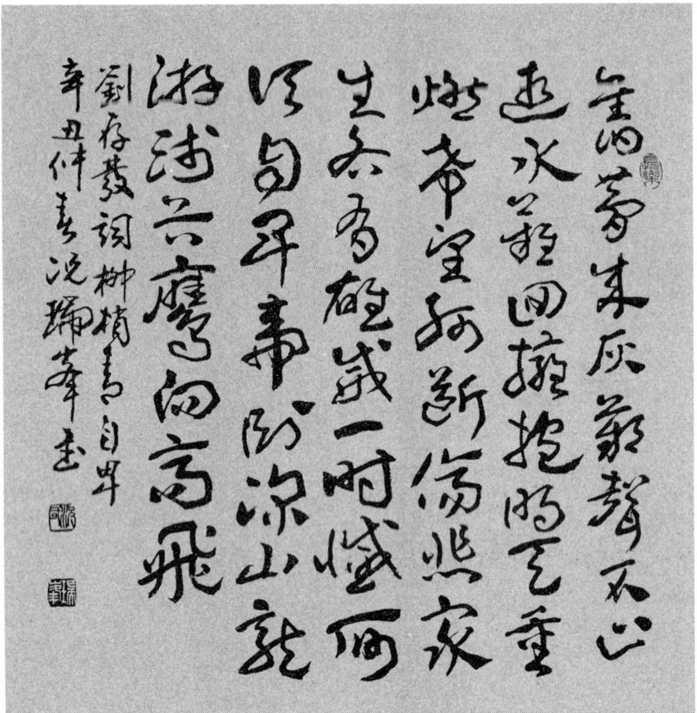

柳梢青·自卑

旧梦成灰，唉声不止，逝水难回。
拥抱明天，重燃希望，斩断伤悲。
众生各有雄威，一时憾、何须自卑？
虎卧深山，龙游浅谷，鹰向高飞。

扫码听音频

師者賢人，德行表率，學識卓群。五典躬修，六經研讀，十翼重溫。儒家千載推尊，悟其道、脩心省身。天命隨緣，高風繼業，壯志凌雲。

劉存發詞柳梢青脩儒

辛丑仲春 況瑞峰書

柳梢青·修儒

师者贤人，德行表率，学识卓群。
五典躬修，六经研读，十翼重温。
儒家千载推尊，悟其道、修心省身。
天命随缘，高风继业，壮志凌云。

扫码听音频

仁者為師賢良仰慕志士攀追律自當先省身克己天地周旋羊羔跪乳清規況人者焉無所思大愛無疆從行有道碩德容之

劉存貴詞柳梢青仁道

辛丑仲春況瑞峰書

柳梢青·仁道

仁者为师，贤良仰慕，志士攀追。
律自当先，省身克己，天地同施。
羊承跪乳清规，况人者、焉无所思？
大爱无疆，从行有道，硕德容之。

扫码听音频

活在凡間靜觀寒暑
細品情緣功利無爭
潔身自愛淡樸冷於
長思水湧清泉滴涓
小恩同泰山競得風流
心堅金石胸闊雲天

劉存發詞柳梢青忠厚
辛丑仲春 沈瑞峰書

柳梢青·忠厚

活在凡间，静观寒暑，细品情缘。
功利无争，洁身自爱，淳朴泠然。
长思水涌清泉，滴涓小、恩同泰山。
竞得风流，心坚金石，胸阔云天。

扫码听音频

富貴由天輸贏有命
取舍憑緣玉石堅貞松
筠操守流水涓涓前
程一路蜿蜒守道義當
須鐵肩不亢無畏英
雄本色淡定昂然

劉存發詞柳梢青道義
辛丑仲春沉瑞峰書

柳梢青·道义

富贵由天，输赢有命，取舍凭缘。
玉石坚贞，松筠操守，流水涓涓。
前程一路蜿蜒，守道义、当须铁肩。
不亢无卑，英雄本色，淡定昂然。

扫码听音频

庸者畀微贪求安逸
自是无为千里之行
始于足下切莫绯细人
生博弈如棋不言弃
攻城可期自取辛勤
良缘汰懒起舞闻鸡

刘存发词柳梢青 平庸
辛丑仲春 况瑞峰书

柳梢青·平庸

庸者卑微，贪求安逸，自是无为。

千里之行，始于足下，切莫徘徊。

人生博弈如棋，不言弃、攻城可期。

自取辛勤，良缘汰懒，起舞闻鸡。

扫码听音频

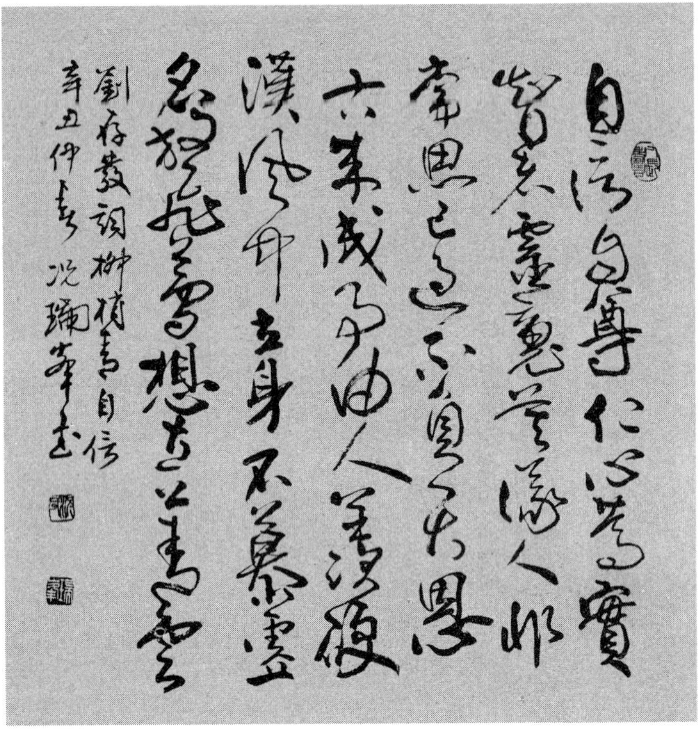

柳梢青·自信

自信自尊，仁心笃实，智者灵魂。
莫议人非，常思己过，不负天恩。
古来成事由人，羡硬汉、风中立身。
不慕虚名，放飞梦想，直上青云。

扫码听音频

歲月無情時光苦短
寵辱休驚坦蕩做人
簡單處事快樂修行
心牽雲下風箏放飛
去長空朗晴自在清
歡埃塵不染寧靜無
爭

劉存發詞柳梢青簡單
辛丑仲春　況瑞峰書

柳梢青·简单

岁月无情，时光苦短，宠辱休惊。

坦荡做人，简单处事，快乐修行。

心牵云下风筝，放飞去、长空朗晴。

自在清欢，埃尘不染，宁静无争。

扫码听音频

骨肉联筋血流一脉共
气连根手足情浓同
胞恩重老爱惟亲人
以厚爱蓬门室难烟
温馨比春姊妹同心
福缘共享甘苦年分

刘存发词柳梢青悌道
辛丑仲春 沈瑞峰书

柳梢青·悌道

骨肉联筋，血流一脉，共气连根。

手足情浓，同胞恩重，立爱惟亲。

天公厚爱蓬门，室虽陋、温馨比春。

姊妹同心，福缘共享，甘苦平分。

扫码听音频

興盛之邦人心所向民
族希望萬里江山千
秋永固百世恒昌當
年屈辱難忘國不富
橫遭列彊海晏河清
九州幸福百姓安康

劉存發詞柳梢青 富強
辛丑仲春 况瑞峰書

柳梢青·富强

兴盛之邦，人心所向，民族希望。
万里江山，千秋永固，百世恒昌。
当年屈辱难忘，国不富、横遭列强。
海晏河清，九州幸福，百姓安康。

扫码听音频

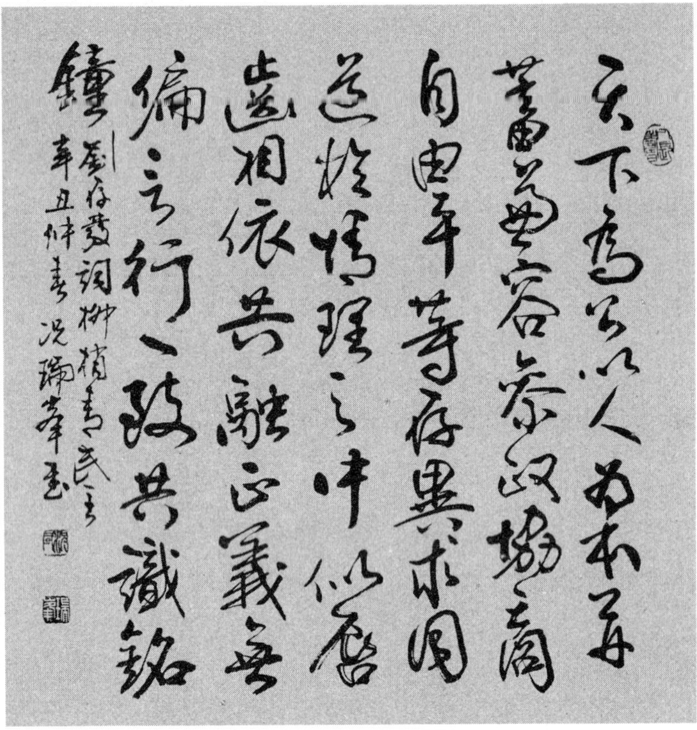

柳梢青·民主

天下为公，以人为本，并蓄兼容。
参政协商，自由平等，存异求同。
道于情理之中，似唇齿、相依共融。
正义无偏，言行一致，共识铭钟。

扫码听音频

天道無欺人人平等
機會均之磊落光明
不分貴賤莫論高低
何来顯達卑微碧空
下同觀彩霓博愛於
心如花競綻若鳥鬧
飛

劉存發詞柳梢青平等
辛丑仲春沈瑞峰書

柳梢青·平等

天道无欺，人人平等，机会均之。
磊落光明，不分贵贱，莫论高低。
何来显达卑微？碧空下、同观彩霓。
博爱于心，如花竞绽，若鸟闲飞。

扫码听音频

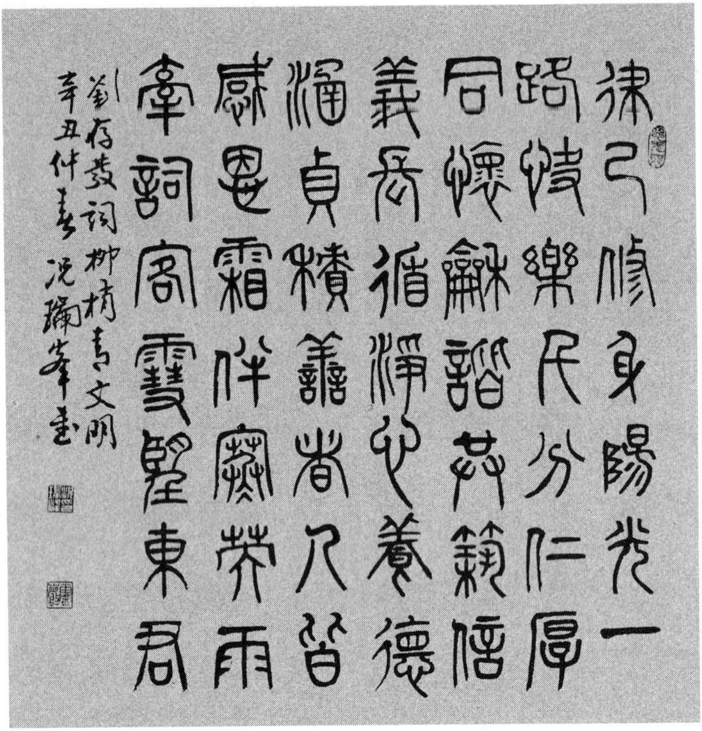

柳梢青·文明

律己修身，阳光一路，快乐千分。

仁厚同怀，和谐共筑，信义长循。

净心养德涵贞，积善者、人皆感恩。

霜伴寒英，雨牵词客，雪望东君。

扫码听音频

公道無私是非明辨
善惡當知不避親疏
莫殊貴賤辨理依規
今朝共享晴曦不計
較林高草低春雕幽
蘭秋窺冷菊香照寒
梅

劉存發詞柳梢青公正
辛丑仲春 沈瑞峰書

柳梢青·公正

公道无私，是非明辨，善恶当知。
不避亲疏，莫殊贵贱，辩理依规。
今朝共享晴曦，不计数、林高草低。
春眺幽兰，秋窥冷菊，冬照寒梅。

扫码听音频

天下之儀不偏良法莫
悖常規政有張弛法
無改度苛禁衡方人
無貴賤高低靠准繩
公平是非逾矩從刑
施權有道正義無私

劉存發詞柳梢青法治
辛丑仲春 沈瑞峯書

柳梢青·法制

天下之仪，不偏良法，莫悖常规。
政有张弛，法无改度，苛禁衡兮。
人无贵贱高低，靠准绳、公平是非。
逾矩从刑，施权有道，正义无私。

扫码听音频

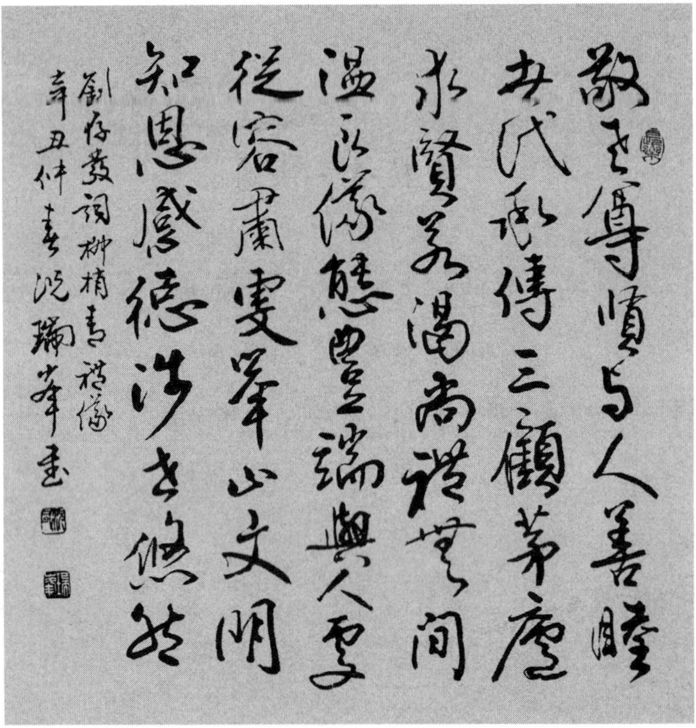

柳梢青·礼仪

敬老尊贤，与人善睦，世代承传。

三顾茅庐，求贤若渴，尚礼无间。

温良仪态丰端，与人处、从容肃虔。

举止文明，知恩感德，涉世悠然。

扫码听音频

智者心清通今博古
曉理知經腹有詩書
風流倜儻謀略修明
人逐萬物之靈縱萬
里逍遙若鵬冷雨無
常寒風隨意一霎
晴

劉存發詞柳梢青明智
辛丑仲春沉瑞峰書

柳梢青·明智

智者心清，通今博古，晓理知经。
腹有诗书，风流倜傥，谋略修明。
人涵万物之灵，纵万里、逍遥若鹏。
冷雨无常，寒风随意，一霎空晴。

扫码听音频

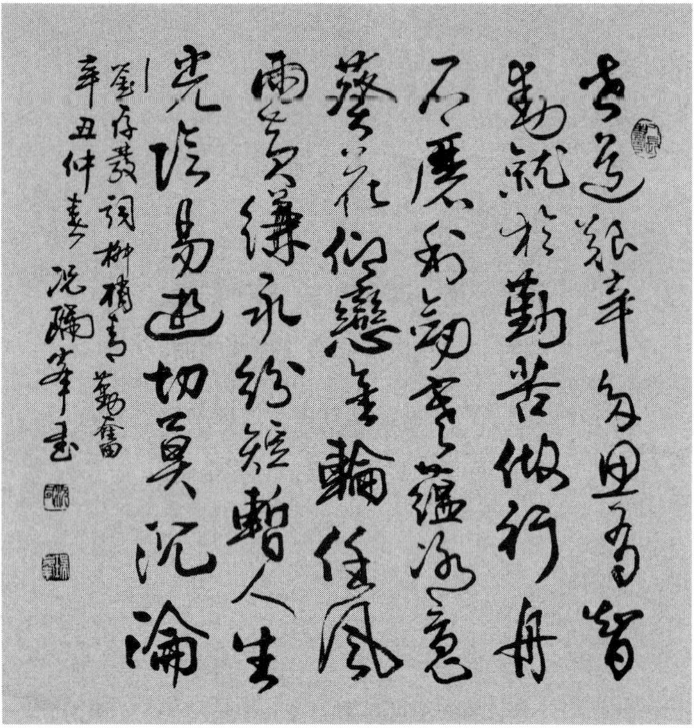

柳梢青·勤奋

世道艰辛，多思有智，动就于勤。

苦做行舟，石磨利剑，寒蕴冰魂。

葵花仰恋金轮，任风雨、黄缣永纷。

短暂人生，光阴易逝，切莫沉沦。

扫码听音频

故友心貞淡如香茗
歷久彌新千里情牽
三秋思念一脉清純
天涯海角尋君覓知
己難求一人芳草無言
靈犀一點古意長存

劉存發詞柳梢青 知己
辛丑仲春 沈瑞峰書

柳梢青·知己

故友心贞，淡如香茗，历久弥新。
千里情牵，三秋思念，一脉清纯。
天涯海角寻君，觅知己、难求一人。
芳草无言，灵犀一点，古意长存。

扫码听音频

謙讓淳誠從容淡定
與世無爭劍斂鋒芒
珠藏匣內處事常恒
清茶情蘊濃情細嚐
後醇香繞縈豁達胸
懷平和心態品味人
生

劉存發詞柳梢青低調
辛丑仲春 沈瑞華書

柳梢青·低调

谦让淳诚，从容淡定，与世无争。

剑敛锋芒，珠藏匣内，处事常恒。

清茶暗蕴浓情，细尝后、醇香绕萦。

豁达胸怀，平和心态，品味人生。

扫码听音频

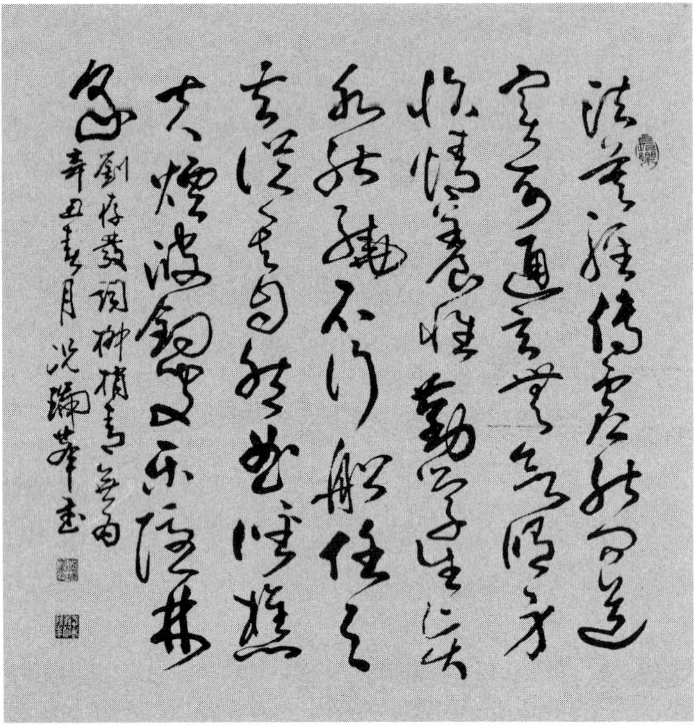

柳梢青·无为

法莫轻传，虚能问道，实可通玄。

无欲修身，怡情养性，勤学生贤。

水能绕石行船，任之去、从其自然。

曲径樵夫，烟波钓叟，乐隐林泉。

扫码听音频

歲月如風時光似水
急浪奔東一盞春燈
半輪寒月滿地殘紅
煙花艷照蒼穹即失
落飄零半空一瞬輝
煌寥然少味頓失嫣
容

劉存發詞 柳梢青
辛丑仲春 況瑞年書

柳梢青·空虚

岁月如风，时光似水，急浪奔东。
一盏昏灯，半轮寒月，满地残红。
烟花艳照苍穹，即失落、飘零半空。
一瞬辉煌，寥然少味，顿失娇容。

扫码听音频

开阔心胸缘来缘去看淡轻松把握人生排除杂念感悟虚空群花喜面游蜂任其搂嫣姹笑容辛苦营巢欣然酿蜜共享成功

刘存发词柳梢青[illegible]

辛丑仲春倪瑞峰书

柳梢青·抱怨

开阔心胸，缘来缘去，看淡轻松。
把握人生，排除杂念，感悟虚空。
群花喜面游蜂，任其扰、嫣然笑容。
辛苦营巢，欣然酿蜜，共享成功。

扫码听音频

好運酬賢失之交臂再得須難如水流低如駒過隙成敗由天新花應景清鮮景雖美怡然瞬間際遇無多人生苦短莫失機緣

劉存發詞柳梢青機遇

辛丑仲春 沈瑞華書

柳梢青·机遇

好运酬贤，失之交臂，再得须难。
如水流低，如驹过隙，成败由天。
新花应采清鲜，景虽美、怡然瞬间。
际遇无多，人生苦短，莫失机缘。

扫码听音频

往事難收前程可待
當下何求妄念無功
盡拋煩惱滅卻閑愁
人生若水涓流順其
勢奔騰不休輸淡虛
名寄情風月快樂無
憂

劉存發詞柳梢青苦惱
辛丑仲夏 悦瑞書

柳梢青·苦恼

往事难收，前程可待，当下何求？
妄念无功，尽抛烦恼，减却闲愁。
人生若水涓流，顺其势、奔腾不休。
看淡虚名，寄情风月，快乐无忧。

扫码听音频

處事中庸進彊不折
遇弱和融超脫凡間
哲人心力智者之骨
適時彎曲明聰忍一
步鴻遊碧空進退如
棋剛柔神勇勝算無
窮

劉存發詞柳梢青彎曲
辛丑仲春沈瑞峰書

柳梢青·弯曲

处事中庸，逢强不折，遇弱和融。

超脱凡间，哲人心力，智者之胸。

适时弯曲明聪，忍一步、鸿游碧空。

进退如棋，刚柔神勇，胜算无穷。

扫码听音频

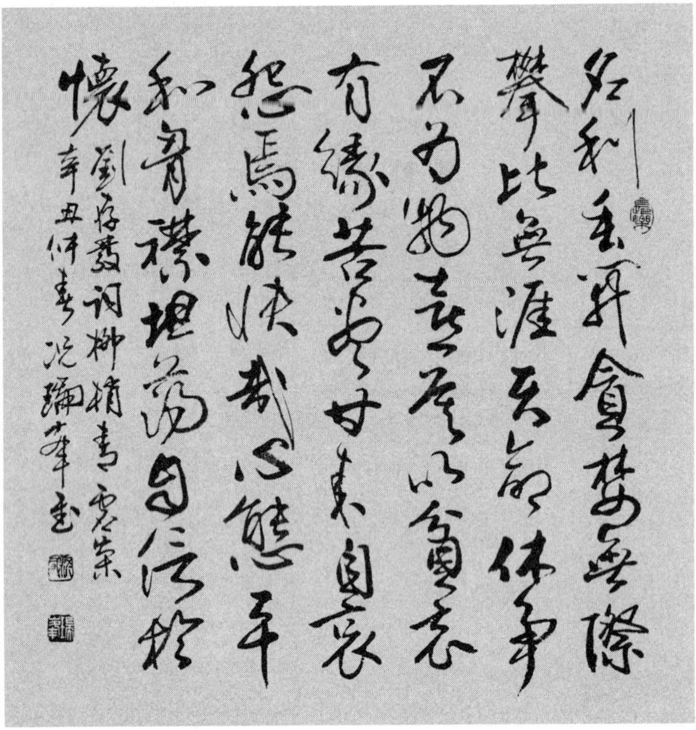

柳梢青·虚荣

名利丢开，贪婪无际，攀比无涯。

天命休争，不为物喜，莫以贫哀。

有缘苦尽甘来。自哀怨、焉能快哉？

心态平和，胸襟坦荡，自信于怀。

扫码听音频

願不苟求適時放下
妄念當休知足隨緣
六根皆淨萬事無憂
人生浪裏行舟懂取
舍安然遠遊淡似清
風心同止水自在閑悠

劉存發詞柳梢青敬書
辛丑仲春 況瑞峯書

柳梢青·放下

愿不苛求，适时放下，妄念当休。
知足随缘，六根皆净，万事无忧。
人生浪里行舟，懂取舍、安然远游。
淡似清风，心同止水，自在闲悠。

扫码听音频

草漫青川水涓滄海靄泛遥天携夢長行暢觀遠景直上高山梅花傲雪凌寒得春意全憑自堅享受人生樂於幻想縱馬揚鞭便

劉存菽詞 柳梢青 自強

辛丑仲春 況瑞峰書

柳梢青·自强

草漫青川，水涓沧海，霭泛遥天。

携梦长行，畅观远景，直上高山。

梅花傲雪凌寒，得春意、全凭自坚。

享受人生，乐于幻想，纵马扬鞭。

扫码听音频

活得單純自己
笑對風雲知恥知榮
不分逆順恪守識真
風荷自具清意嘉情
雨催當自尊凌波仙
子出泥不染一世爲
人

劉存發詞柳梢青自尊
辛丑仲春沈瑞峯書

柳梢青·自尊

活得单纯，淡看自己，笑对风云。

知耻知荣，不分逆顺，恪守诚真。

风荷自具清魂，喜晴雨、唯留自尊。

凌波仙子，出泥不染，一世为人。

扫码听音频

月有圓虧緣分深淺
攜手同伊移棹觀荷
登臺賞月踏雪尋梅
情濃唇齒相依影永
伴終生不離陌上輪
花雨中漫步大漠雙
騎

劉存發詞柳梢青浪漫
辛丑春月 瑞峰書

柳梢青·浪漫

月有圆亏，缘分深浅，携手同伊。

移棹观荷，登台赏月，踏雪寻梅。

情浓唇齿相依，影永伴、终生不离。

陌上看花，雨中漫步，大漠双骑。

扫码听音频

梅報春聲荷添夏景
菊守秋興大樹餘蔭
時時花鬭艷小草爭青
樂看百樣人生最難
舍路究是情母愛如
山心針意綫密挂常
恆

劉存發詞柳梢青守候
辛丑仲春沉瑞書

柳梢青·守候

梅报春声，荷添夏景，菊守秋兴。
大树余荫，时花斗艳，小草争青。
乐看百样人生，最难舍、终究是情。
母爱如山，心针意线，牵挂常恒。

扫码听音频

悟道心寬功名利祿
過眼雲煙笑傲紅塵
笑觀彼岸笑對波瀾
春風化雨驅寒去間
苦從容淡然度盡炎
涼心花怒放日灿晴
天

劉存發詞柳梢青微笑
辛丑仲春 光瑞華書

柳梢青·微笑

悟道心宽，功名利禄，过眼云烟。
笑傲红尘，笑观彼岸，笑对波澜。
春风化雨驱寒，世间苦、从容淡然。
度尽炎凉，心花怒放，日灿晴天。

扫码听音频

勇者卓行樂觀風雨
苦覓光明烈火錘金
薄冰輕履處亂無驚
梅花傲骨錚錚困境
裏英姿縱橫瘦蕾淩
寒瓊枝鬭雪暗蘊春
聲

劉存發詞柳梢青勇氣
辛丑仲春沈瑞峯書

柳梢青·勇气

勇者卓行，乐观风雨，苦觅光明。
烈火锤金，薄冰轻履，处乱无惊。
梅花傲骨铮铮，困境里、英姿纵横。
瘦蕾凌寒，琼枝斗雪，暗蕴春声。

扫码听音频

聚散匆匆緣來不拒
意趣無窮回憶曾經
珍藏當下樂在其中
善緣對面相逢擦肩
過如水逝來愛在身
邊情留心裏夢遠雲
空

劉存英詞柳梢青珍惜
辛丑仲夏 況瑞峰書

柳梢青·珍惜

聚散匆匆，缘来不拒，意趣无穷。

回忆曾经，珍藏当下，乐在其中。

无缘对面相逢，擦肩过、如水逝东。

爱在身边，情留心里，梦远虚空。

扫码听音频

行路匆匆擦肩而去
何日相逢一次回眸
長思未盡餘憶無窮
浮生似夢如風聚與
散因緣命中耿耿知
心同經風雨共待霓
虹

劉存發詞柳梢青相識
辛丑仲春 悅瑞華書

柳梢青·相识

行路匆匆，擦肩而去，何日相逢。
一次回眸，长思未尽，余忆无穷。
浮生似梦如风，聚与散、因缘命中。
耿耿知心，同经风雨，共待霓虹。

扫码听音频

機會如斯平生可遇
千喚無回運氣非多
天緣有限錯過難追
花兒久待韶暉識者
少依然逸姿沐雨春
蘭凌霜秋菊傲雪冬
梅

劉存發詞柳梢青 錯過
辛丑仲春 況瑞峰書

柳梢青·错过

机会如斯，平生可遇，千唤无回。
运气非多，天缘有限，错过难追。
花儿久待韶晖，识者少、依然逸姿。
沐雨春兰，凌霜秋菊，傲雪冬梅。

扫码听音频

大愛寬識包容萬物
厚待蒼生坦蕩胸襟
平和心境淡泊安寧
叢菊四季常青守高
潔功名不爭自信從容
虛心有節雅韻高凝

劉存發詞柳梢青感悟
辛丑仲春沈瑞華書

柳梢青·骄傲

大爱虔诚，包容万物，厚待芸生。

坦荡胸襟，平和心境，淡泊安宁。

丛筠四季常青，守高洁、功名不争。

自信从容，虚心有节，雅韵寒凝。

扫码听音频

歲月無常機緣縱少
夢境恒長腹有乾坤
胸無芥蒂情寄遐方
葵花日逐朝陽仰霞
彩心期轉黃風裏挺
身雨中暈色露曉飄
香
劉存發詞柳梢青期待
辛丑仲春 泥瑞奉書

柳梢青·期待

岁月无常，机缘纵少，梦境恒长。
腹有乾坤，胸无芥蒂，情寄遐方。
葵花日逐朝阳，仰霞彩、心期转黄。
风里挺身，雨中晕色，露晓飘香。

扫码听音频

舊夢重温音容尚憶
歲月留痕遺憾稍多
感傷未減牽掛終身
華年過眼浮雲轉眼
逝陰晴永分緣淺緣
深恩輕恩重腦海長
存

劉存發詞柳梢青思舊
辛丑仲春況瑞峰書

柳梢青·思旧

旧梦重温，音容尚忆，岁月留痕。

遗憾稍多，感伤未减，牵挂终身。

华年过眼浮云，转眼逝、阴晴永分。

缘浅缘深，恩轻恩重，脑海长存。

扫码听音频

懷念時光脈含憂鬱雨帶悲傷歲月朦朧人情交幻景物滄桑紅塵意味綿長縱夢裏依稀不忘舊事如風童心猶指剩幾餘矣

劉存霞詞柳梢青懷念

辛丑仲春沈瑞華書

柳梢青·怀念

怀念时光，眼含忧郁，面带悲伤。
岁月朦胧，人情变幻，景物沧桑。
红尘世味绵长，纵梦里、依稀不忘。
好事如风，童心弹指，剩有余香。

扫码听音频

歲月悠悠韶華易逝
覆水難收一份情緣
幾番風雨幾度春秋
殘痕猶記憂愁豈能
挽時光倒流珍重餘
生任憑苦樂更上層
樓

劉存發詞柳梢青時光
辛丑仲春沈瑞峰書

柳梢青·时光

岁月悠悠，韶华易逝，覆水难收。
一份情缘，几番风雨，几度春秋。
泪痕犹记忧愁，岂能挽、时光倒流。
珍重余生，任凭苦乐，更上层楼。

扫码听音频

豁達胸襟飄然無束
快樂開心薄酒閑居
不為情困心寄瑶琴
純誠幸福昭臨順天
意機緣自深春沐陽
光秋溶月色夏享林
蔭

劉存發詞柳梢青感受
辛丑仲春沈瑞峰書

柳梢青·感受

豁达胸襟，飘然无束，快乐开心。
薄酒闲居，不为情困，心寄瑶琴。
纯诚幸福昭临，顺天意、机缘自深。
春沐阳光，秋溶月色，夏享林荫。

扫码听音频

總有瑕疵坦然面對
喜改前非醉悔貪杯
言多語失失曉蹊奇
人生猶似行棋一步錯
機緣遠離棋可重開
詩能再續巧遇難回

劉存發詞柳梢青之失誤
辛丑仲春況瑞峰書

柳梢青·失误

总有瑕疵，坦然面对，喜改前非。
醉悔贪杯，言多语失，失晓珍奇。
人生犹似行棋，一步错、机缘远离。
棋可重开，诗能再续，巧遇难回。

扫码听音频

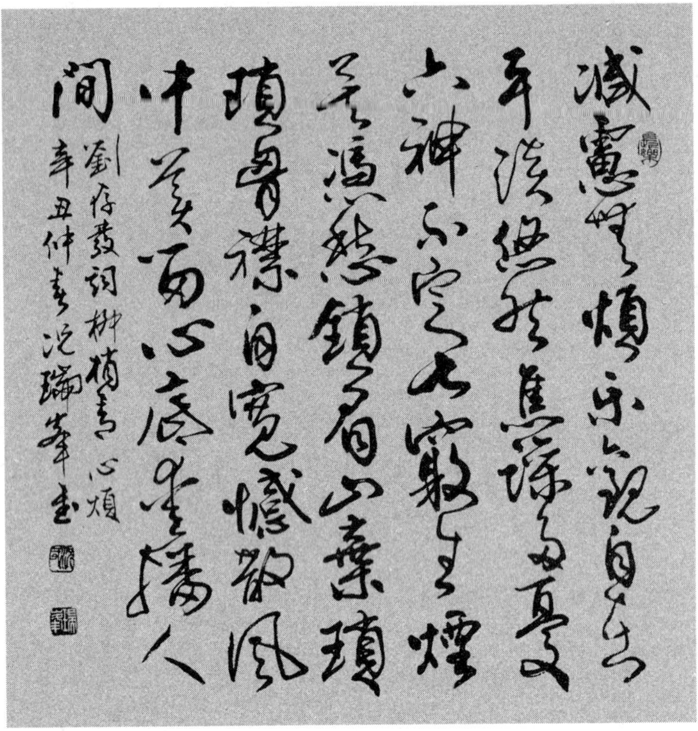
刘存发词柳梢青 心烦

柳梢青·心烦

减虑无烦，乐观自在，平淡悠然。
焦躁多忧，六神不定，七窍生烟。
莫凭愁锁眉山，弃琐琐、胸襟自宽。
憾散风中，美留心底，爱播人间。

扫码听音频

不務浮名遠離狡詐
親近忠誠自喚良知
捫心自問三省求寧
人如霄漢流星轉瞬
去斑斕永恒一道光
痕澄明衆眼無愧終
生

劉存義詞柳梢青自責
辛丑仲春 況瑞峯書

柳梢青·自责

不务浮名，远离狡诈，亲近忠诚。
自唤良知，扪心自问，三省求宁。
人如霄汉流星，转瞬去、斑斓永恒。
一道光痕，澄明众眼，无愧终生。

扫码听音频

世事無常釋懷舊痛
傾訴衷腸委曲求全
辛酸自忍暗淚千行
野花沐雨凝霜也享
盡和風豔陽一份閒
心幾份落寞獨自彷
徨

劉存發詞柳梢青委曲
辛丑仲春 況端峯書

柳梢青·委屈

世事无常，释怀旧痛，倾诉衷肠。
委曲求全，辛酸自忍，暗泪千行。
野花沐雨凝霜，也享尽、和风艳阳。
一份开心，几分落寞，独自彷徨。

扫码听音频

天地無情貪圖安逸
一事無成欲壑難填
蛇心吞象困苦交橫
塵間自有天平得與
失焉能失衡幾許離
心半分酸楚百態人生

劉存發詞柳梢青痛苦
辛丑仲春泥瑞年書

柳梢青·痛苦

天地无情，贪图安逸，一事无成。

欲壑难填，蛇心吞象，困苦交横。

尘间自有天平，得与失、焉能失衡？

几许欢心，半分酸楚，百态人生。

扫码听音频

玄奥由衷情非得已
缘本文疏枉想分金
空怀抱玉心顛難舒
流星麗影踔虚祇刹
那嫣姿了無美夢黄
梁来生慧業好夢鳴
呼
劉存發詞柳梢青失望
辛丑仲春况瑞峰書

柳梢青·失望

玄奥由衷，情非得已，缘本交疏。
枉想分金，空怀抱玉，心愿难舒。
流星丽影踔虚，只刹那、娇姿了无。
美梦黄粱，来生慧业，好梦呜呼。

扫码听音频

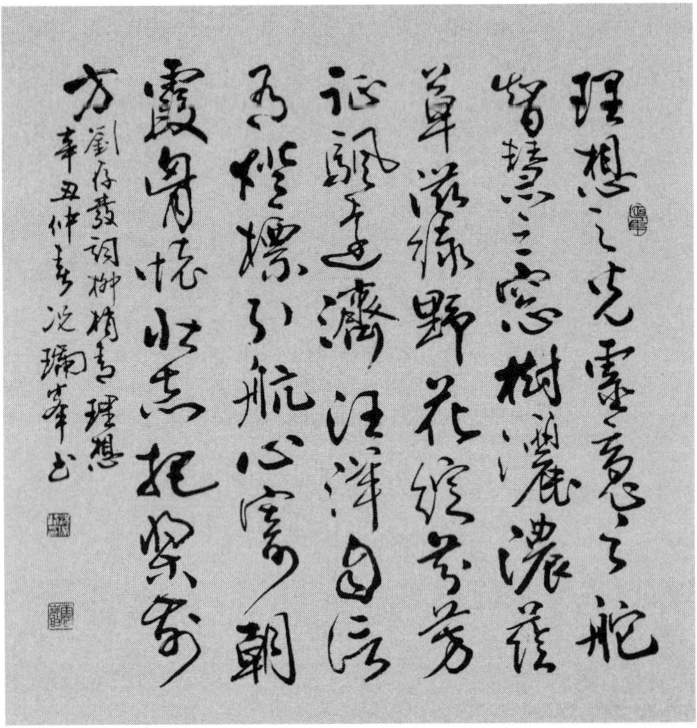

柳梢青·理想

理想之光，灵魂之舵，智慧之窗。

树洒浓荫，草滋绿野，花绽芬芳。

征帆远济汪洋，自信有、灯标引航。

心寄朝霞，胸怀壮志，把桨前方。

扫码听音频

閱盡滄桑釋懷未果執念難忘斷夢難圓良緣叵測往事牽腸人生起落尋常苦與恨焉能久長日月貞恒韶華轉瞬意趣無疆

劉存發詞柳梢青感觀

辛丑仲夏沈瑞峯書

柳梢青·悲观

阅尽沧桑，释怀未果，执念难忘。

断梦难圆，良缘叵测，往事牵肠。

人生起落寻常，苦与恨、焉能久长。

日月贞恒，韶华转瞬，意趣无疆。

扫码听音频

惆悵難為輕彈苦雨
慨怨抛離小草無言
花兒不語曉露空遺
縱然錯過緣機信可
待霓虹可期放下傷
悲棄除煩惱咲自盈
眉

劉存霞詞柳梢青眼淚
辛丑仲春沈瑞峰書

柳梢青·眼泪

惆怅难为，轻弹苦雨，慨怨抛离。
小草无言，花儿不语，晓露空遗。
纵然错过缘机，信可待、霓虹可期。
放下伤悲，弃除烦恼，笑自盈眉。

扫码听音频

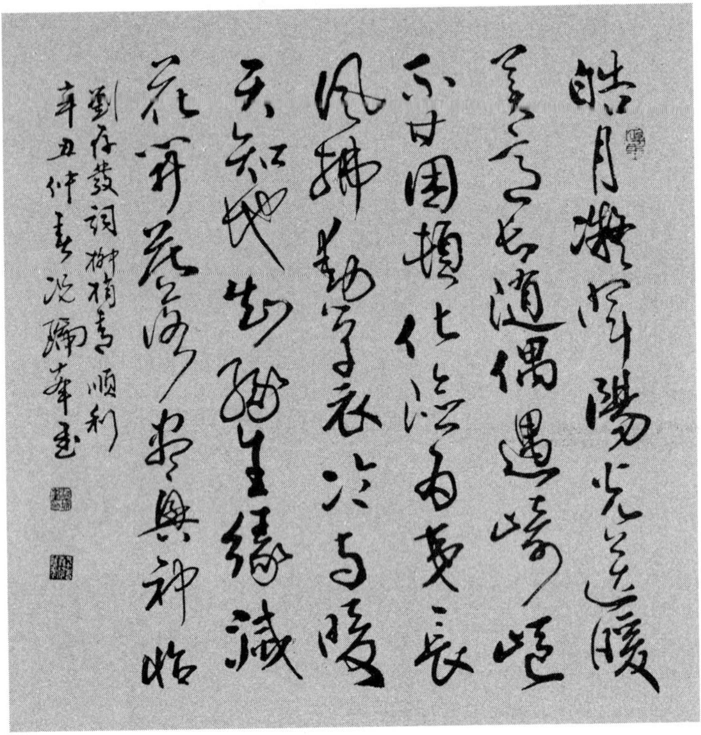

柳梢青·顺利

皓月凝晖，阳光送暖，美意长随。

偶遇崎岖，不甘困顿，化险为夷。

长风拂动单衣，冷与暖、天知地知。

缘生缘灭，花开花落，尽兴神怡。

扫码听音频

歲月匆匆，年光轉換，快樂無窮。葵慕驕陽，蓮迷絲雨，梅笑寒風。寄情百卉花叢，面挫折，昂頭挺骨。冷雨嚴霜，心生愉悦，意在輕松。

劉存發詞柳梢青·愉快

辛丑仲春沅歸華書

柳梢青·愉快

岁月匆匆，年光转换，快乐无穷。
葵慕骄阳，莲迷丝雨，梅笑寒风。
寄情百卉花丛，面挫折、昂头挺胸。
冷雨严霜，心生愉悦，意在轻松。

扫码听音频

天道雖為緣來緣散際遇無規一種相思幾多煩惱幾許傷悲風吹落葉紛飛得瀟灑飄揚片時樹本無言柯枝不語志氣心知

劉存發詞柳梢青夏傷

辛丑仲春沈瑞峰書

柳梢青·忧伤

天道难为，缘来缘散，际遇无规。

一种相思，几多烦恼，几许伤悲。

风吹落叶纷飞，得潇洒、飘扬片时。

树本无言，柯枝不语，志气心知。

扫码听音频

君子年知静思己過
自悟疏遺少説多聽
言談謹慎免惹人非
深知不善陳辭管住
口機緣可期堅守初
心謙恭低調贊譽相
隨

劉存發詞柳梢青少説
辛丑仲春 況瑞峰書

柳梢青·少说

君子牟知，静思己过，自悟疏遗。

少说多听，言谈谨慎，免惹人非。

深知不善陈辞，管住口、机缘可期。

坚守初心，谦恭低调，赞誉相随。

扫码听音频

歲月如煙光陰似水意態安舒得失莫懷榮枯莫論困惑無乃黃鶯遠眺藍天歎遭際籠中可憐有翅難飛自由雲望舊夢餘殘

劉存發詞柳梢青疑惑

[illegible]辛丑仲春況瑞華書

柳梢青·疑惑

岁月如烟，光阴似水，意态安然。
得失忘怀，荣枯莫论，困惑无言。
黄莺远眺蓝天，叹遭际、笼中可怜。
有翅难飞，自由空望，旧梦余残。

扫码听音频

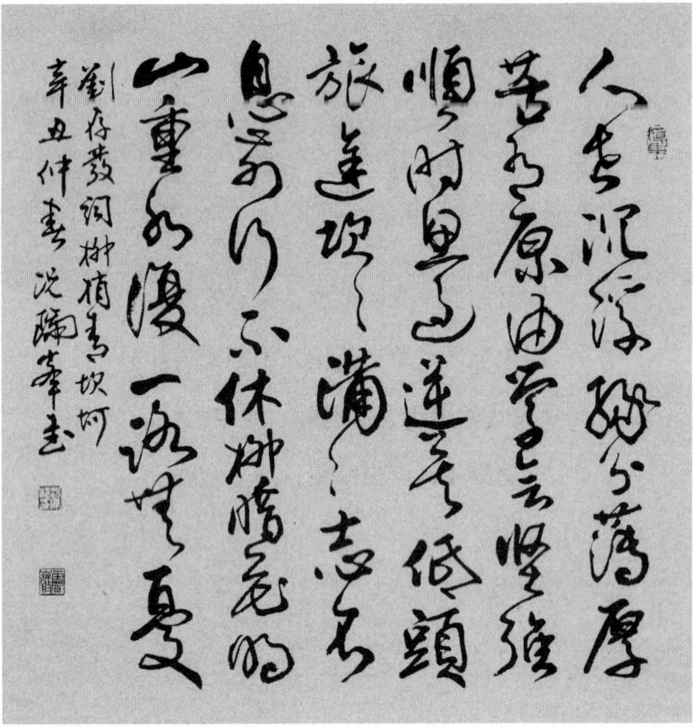

柳梢青·坎坷

人世沉浮，缘分薄厚，苦有原由。
学会坚强，顺时思过，逆莫低头。
旅途坎坎沟沟，志不息、前行不休。
柳暗花明，山重水复，一路无忧。

扫码听音频

大道無形奢華有度
節約為榮勤可興家
儉能疆國天下無貧
藏茶堪比人生細品
味香綿氣清兩腋生
風半瓶致靜淡泊康
寧

劉存發詞柳梢青儉樸
辛丑仲春浣瑞峰書

柳梢青·俭朴

大道无形，奢华有度，节约为荣。

勤可兴家，俭能强国，天下无贫。

酽茶堪比人生，细品味、香绵气清。

两腋生风，半瓯致静，淡泊康宁。

扫码听音频

冷月微明半圆半缺
有意無聲一次回眸
一回握手一世真情有
緣自結同盟總難得
同翱此生地老天荒
高山低谷風雨同行

劉存發詞柳梢青 痴情
辛丑仲春 況瑞峰書

柳梢青·痴情

冷月微明，半圆半缺，有意无声。
一次回眸，一回握手，一世真情。
有缘自结同盟，总难得、同翔此生。
地老天荒，高山低谷，风雨同行。

扫码听音频

附　录

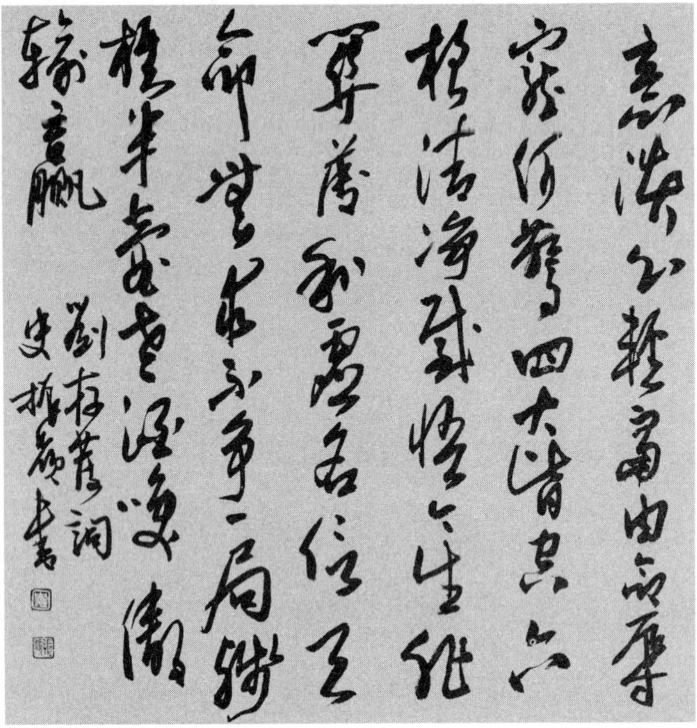

天津市美术家协会副主席　史振岭

天津市书法家协会副主席　刘洪洋

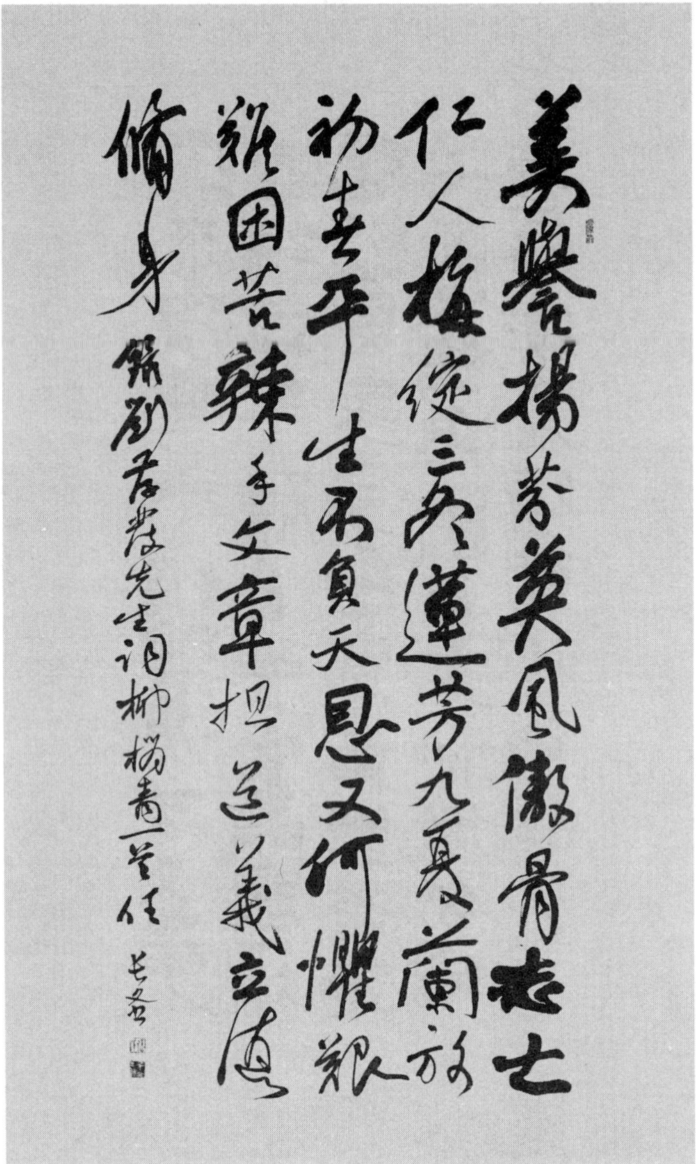

天津市书法家协会副主席　任长文

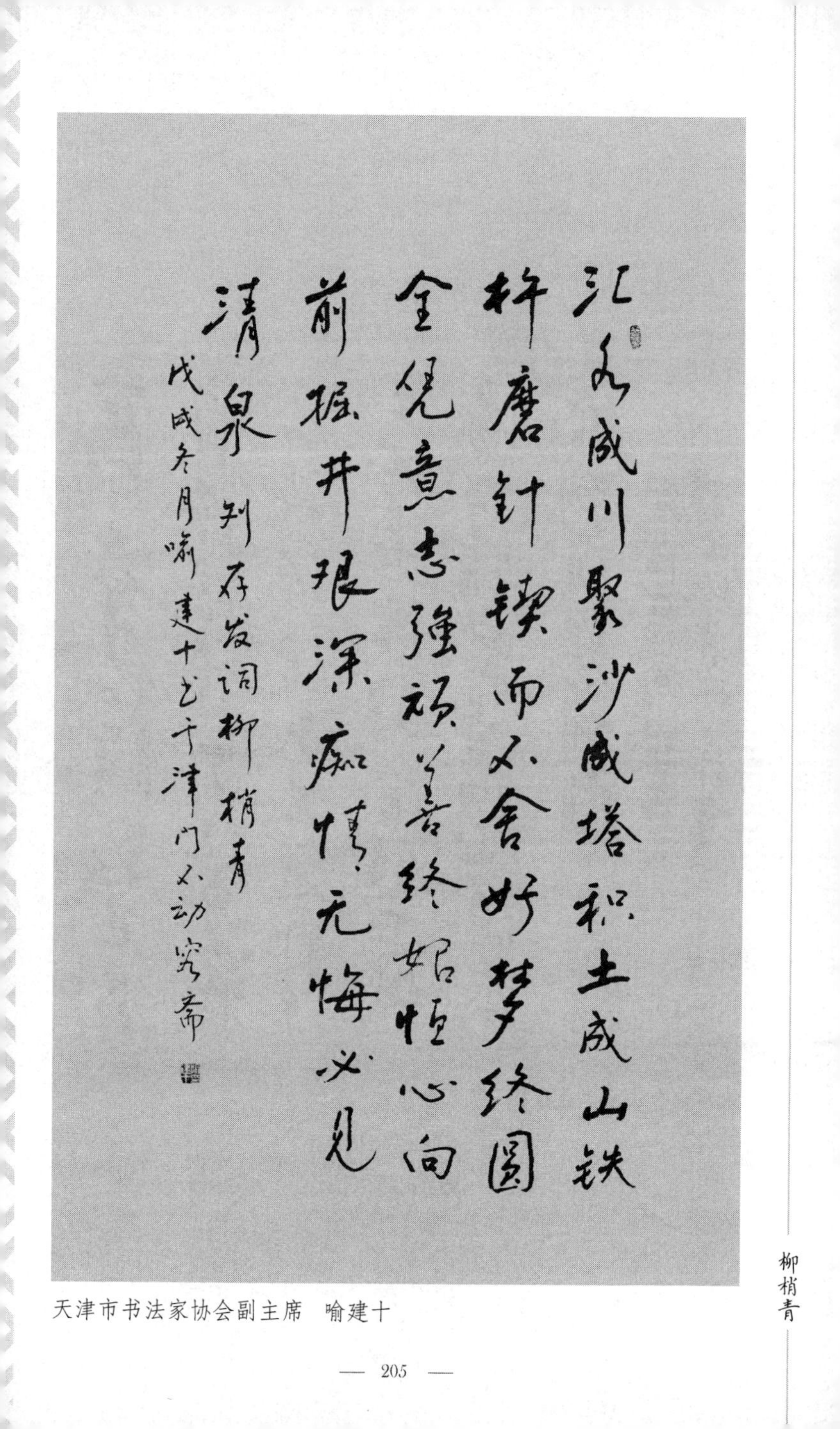

天津市书法家协会副主席　喻建十

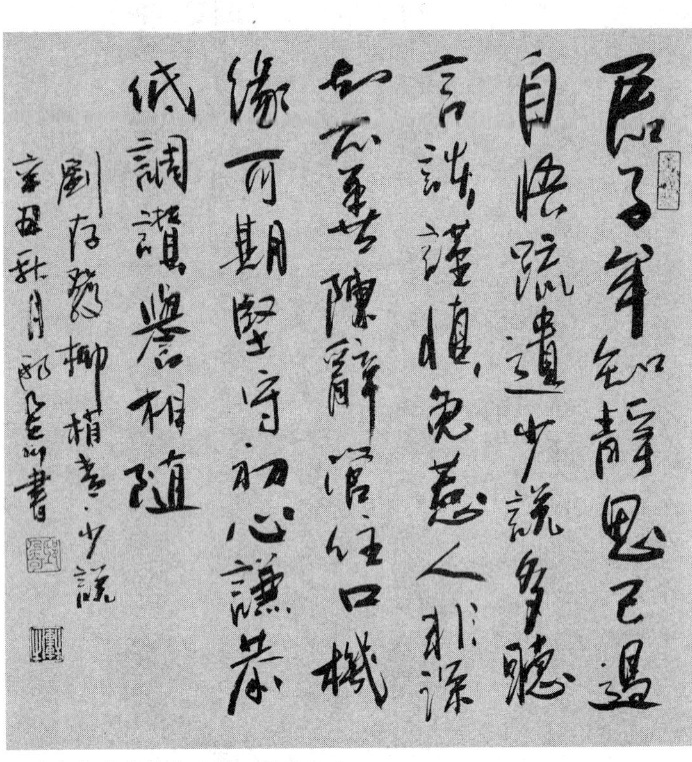

天津市书法家协会会员　邸乃奇

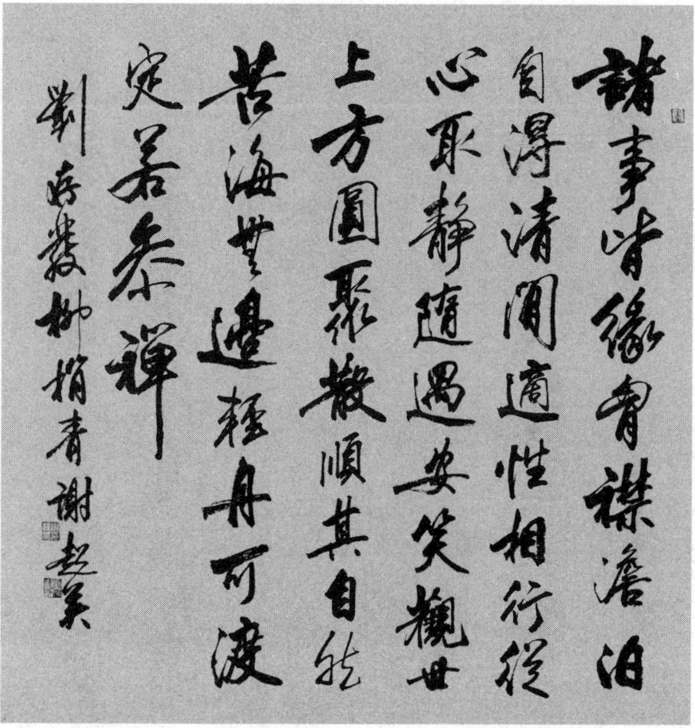

天津市书法家协会会员　谢超英

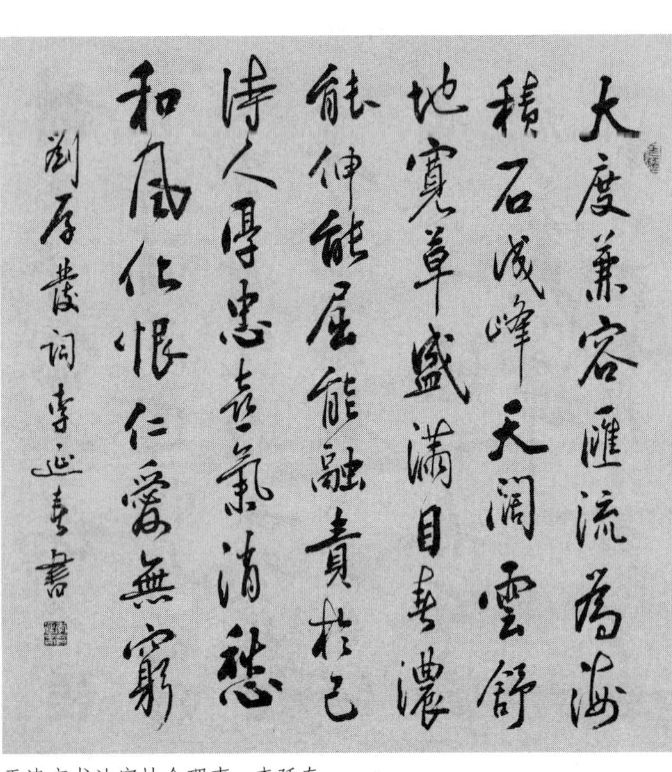

天津市书法家协会理事　李延春

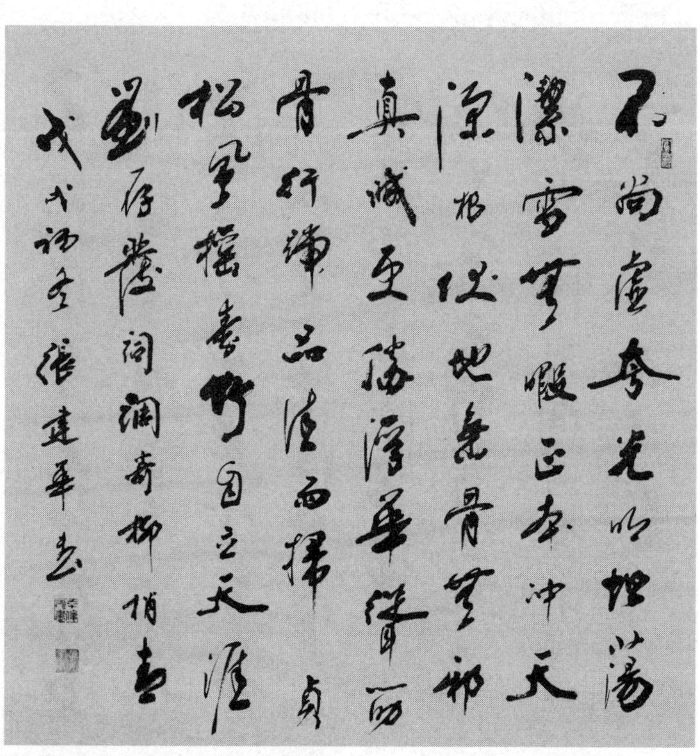

天津市书法家协会理事　张鹤年

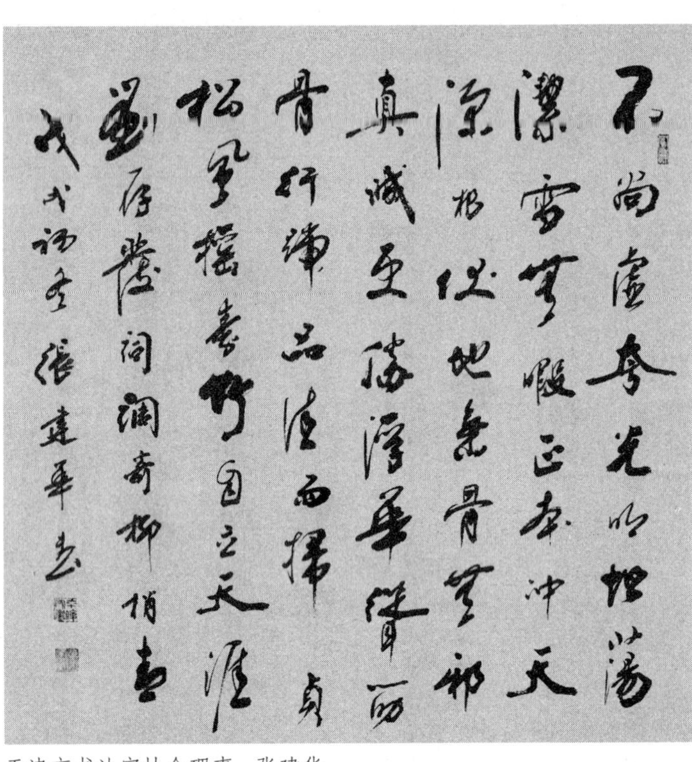

天津市书法家协会理事　张建华

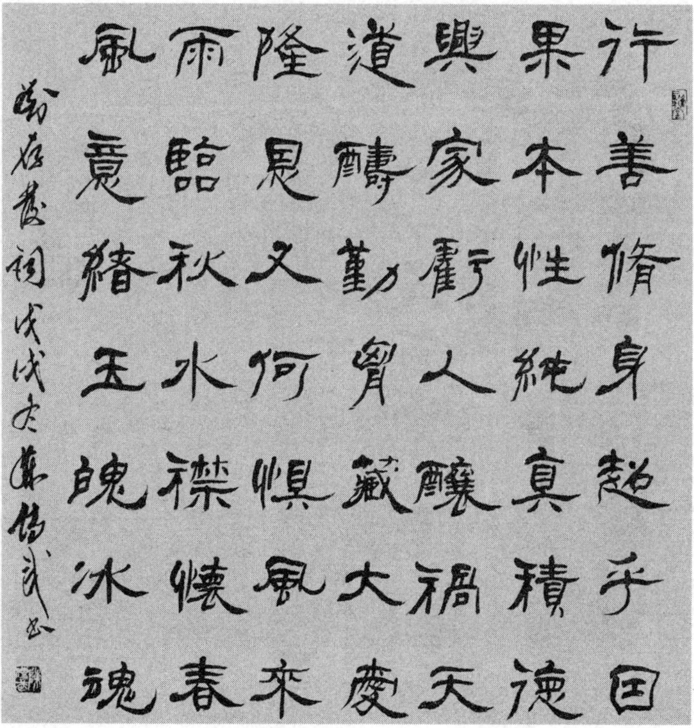

天津市书法家协会名誉理事　陈传武

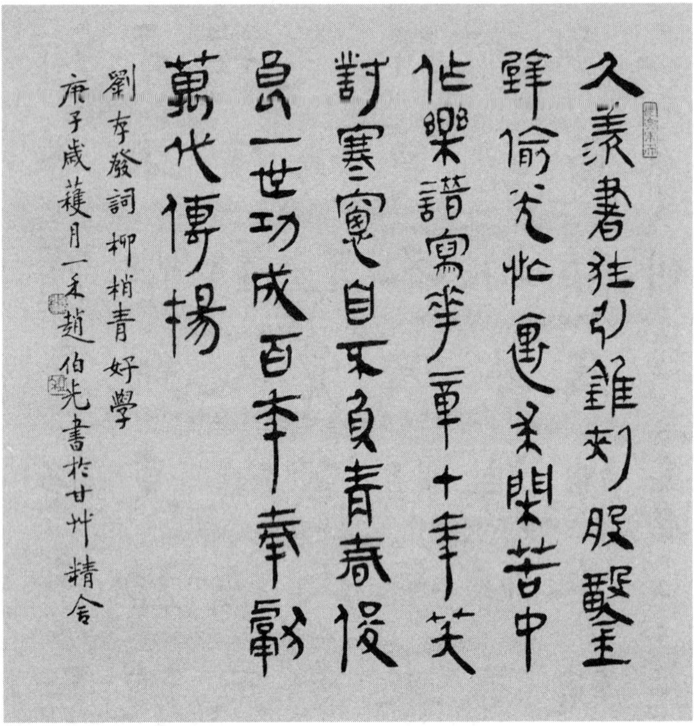

天津市书法家协会名誉理事　赵伯光

細水長流聚沙成塔集
腋成裘聰慧惟勤百家
涉猵萬卷研修書中自
有春秋善學春致致以末
劍氣磨鋒梅香苦冷更
上層樓

劉本發詞 柳梢青博學
庚子仲秋之吉一禾趙伯光書於廿州精舍

天津市书法家协会名誉理事　赵伯光

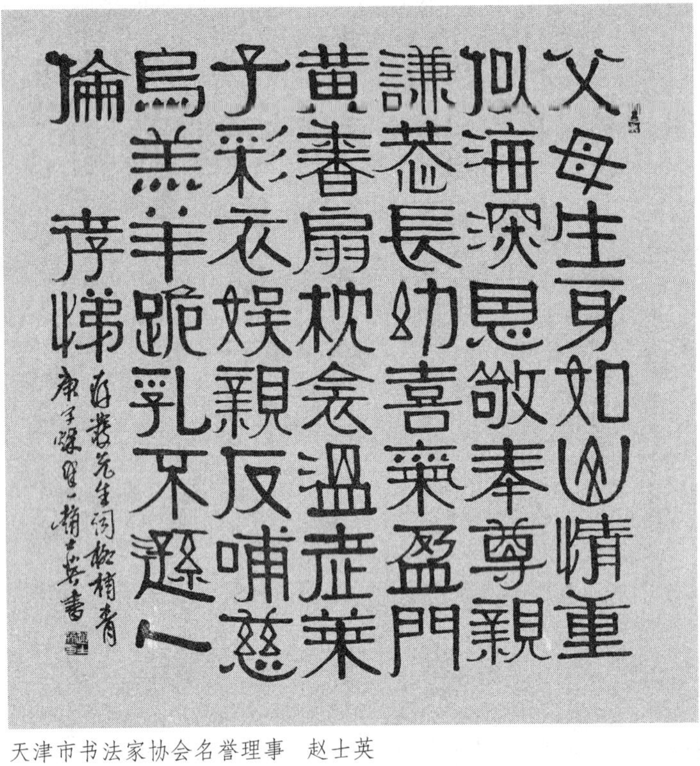

天津市书法家协会名誉理事　赵士英

霞漫清晨暉燃正午夕照黃昏寸草三春單衣一線游子知恩孝烏反哺慈親更飛向晴空白雲飲水思源銜環結草抱樸存真感恩

天津市书法家协会名誉理事　赵士英

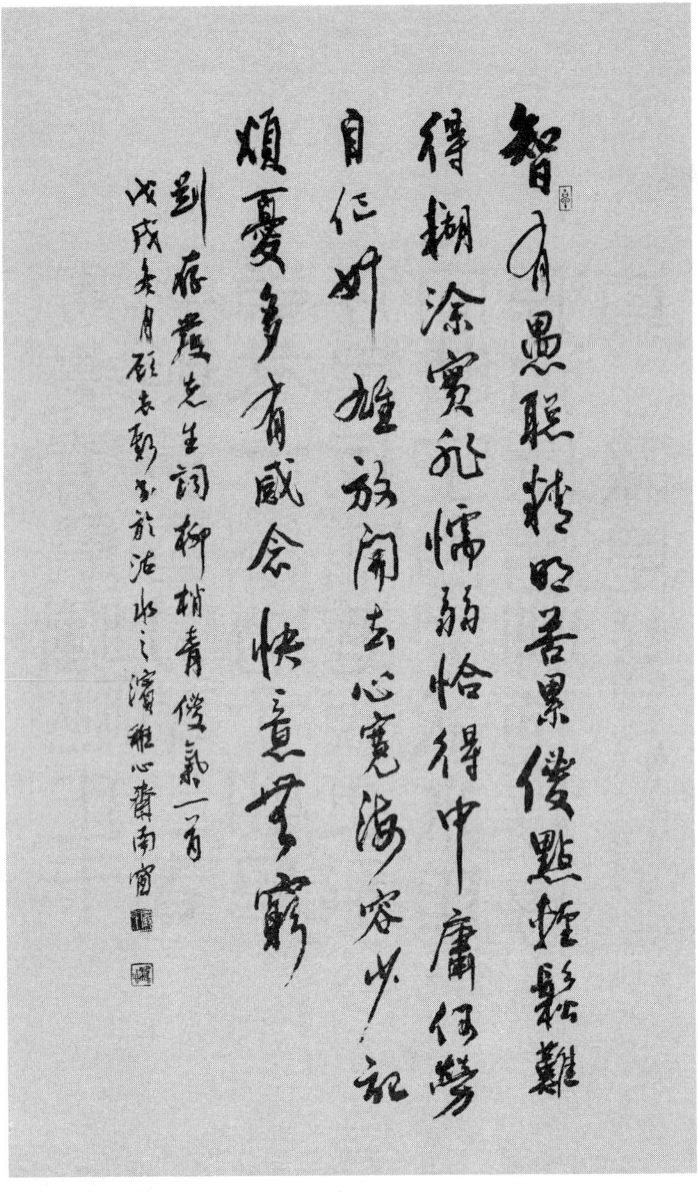

天津市书法家协会原副主席　顾志新

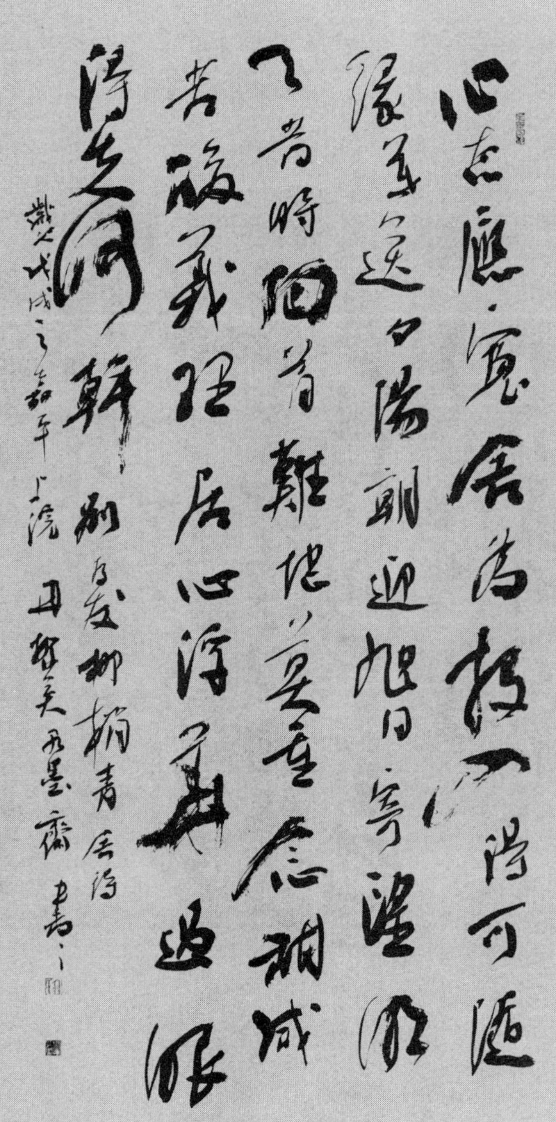

天津市书法家协会原副主席　冉繁英

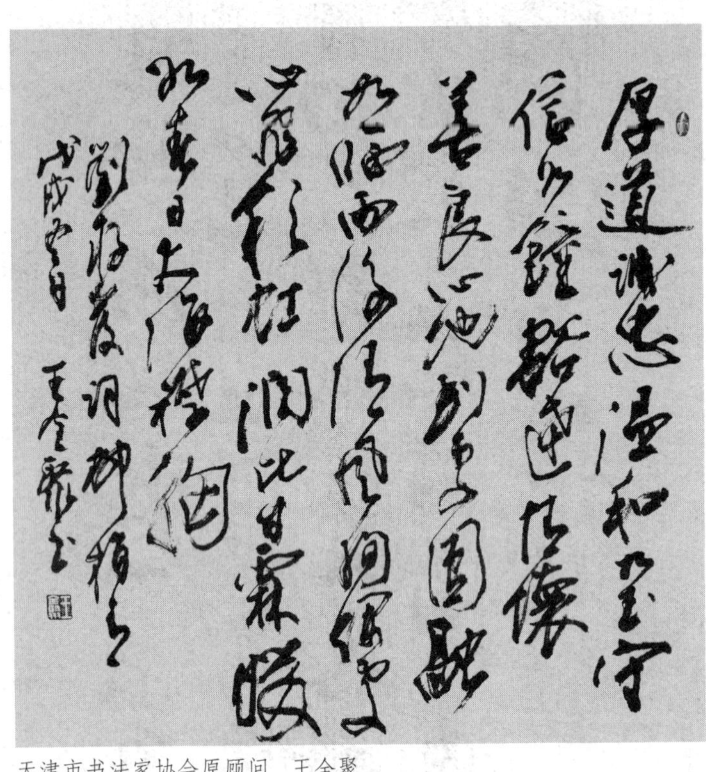

天津市书法家协会原顾问　王全聚

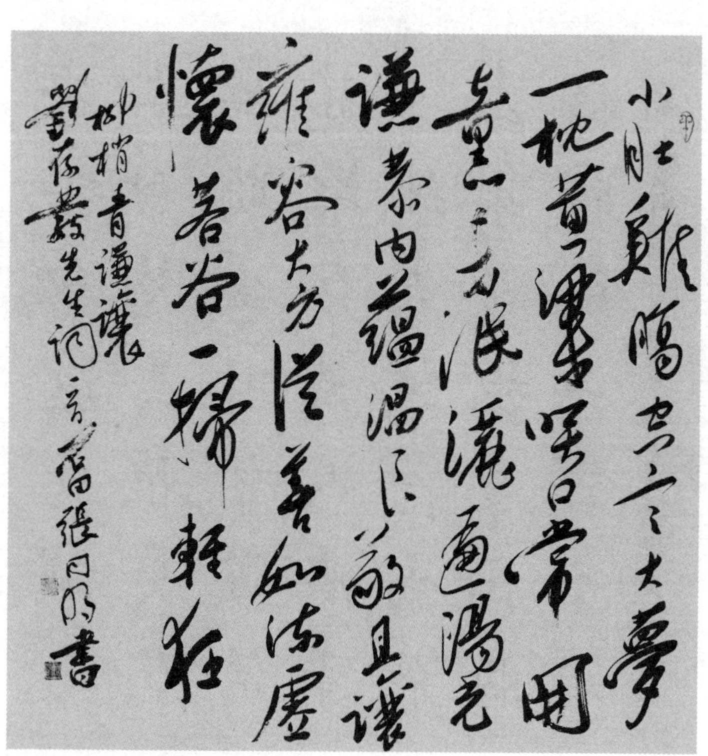

中国书法家协会会员　张同明

守諾留痕真誠為本智慧為根交友無欺生財有道偽詐難存待人處事心純失誠信焉能立身目極羣山胸昭朗鏡一諾千鈞

劉存發詞柳梢青歲在戊戌冬鄭少英書

中国书法家协会会员　郑少英

知足安生不求利
祿莫逐虛名朗月
多情清風無價畫
享休爭經年辛苦
躬耕又消得稻梁
幾昇兩間茅舍式
張書案樂在清平

劉存發詞　周小林書

中国书法家协会会员　周小林

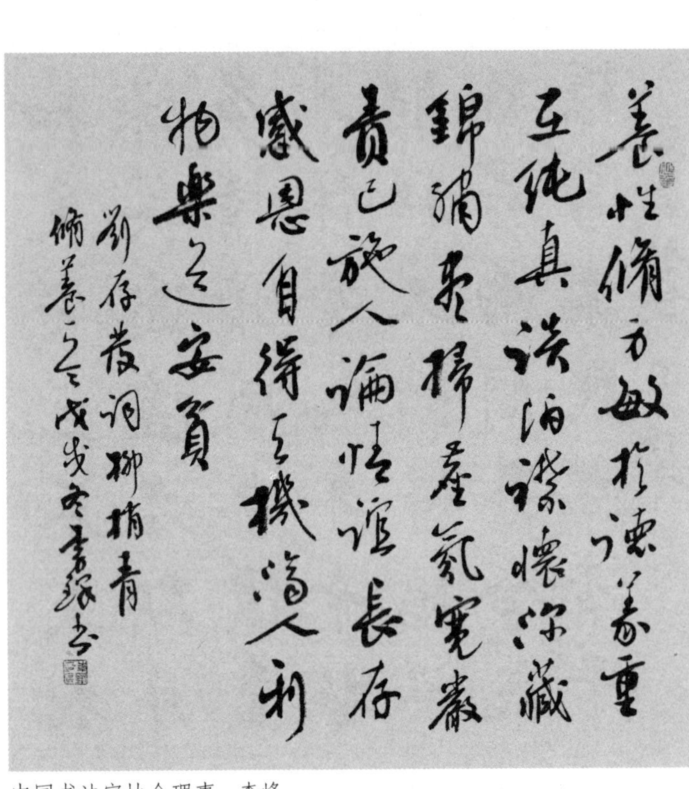

中国书法家协会理事　李峰

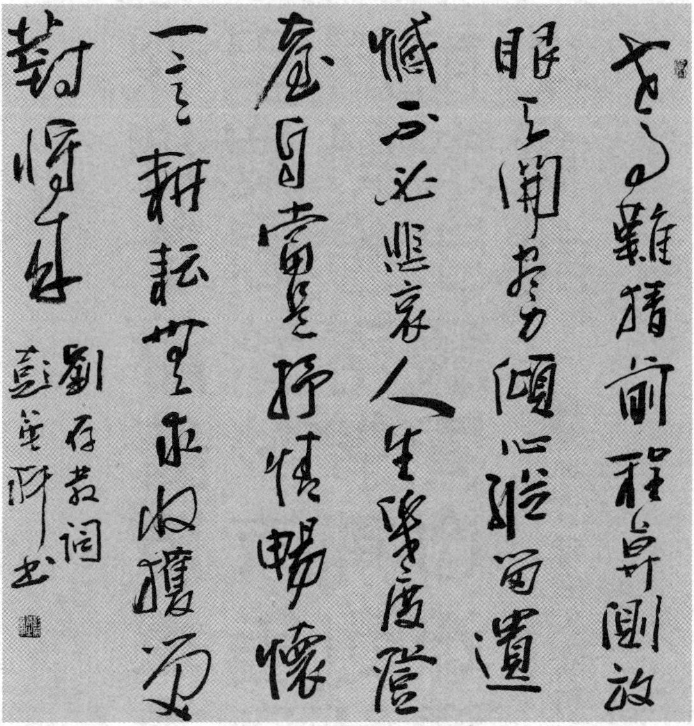

中国书法家协会　彭英科

幸福深埋平和態度浪漫情
懷鄰里寬容街坊友善莊少
無猜同朝笑落笑開也共詩
風臨雨來守護青山流連碧
水天地和諧

柳梢青 和諧 壬寅春劉存發詞書

书法　刘存发

操持唯勤戒奢尚儉在富思
貧菽水承歡棠棣競秀敬庭
尊親敦詩悅禮時溫慎言語
篤行至純煦若春風清如冰
水壺代馨芬

柳梢青齐家 壬寅春劉存發詞書

书法　刘存发

柳梢青

妄念当休

放下

知足随缘

愿不苛求

六根皆净

适时放下

万事无忧

刘存发　治印

淡似清风

人生浪里行舟

心同止水

懂取舍

自在闲悠

安然远游

刘存发　治印

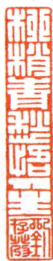

自得清闲

柳梢青

适性相行

随缘

从心取静

诸事皆缘

随遇能安

胸襟澹泊

刘存发　治印

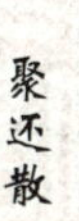
聚还散

轻舟可渡

顺其自然

定若参禅

苦海无边

刘存发　治印

柳梢青·厚道

守信如钟

厚道忠诚

豁达情怀

温和似玉

善良心地

刘存发　治印

到处圆融

润比甘霖

犹临雨后清风

暖同春日

绚烂处心飞彩虹

大海胸襟

刘存发　治印

柳梢青·凡人

妄念无多

终日奔波

名利浮云

清欢尽少

流光不再

刘存发　治印

岁月如梭

自适随缘

输赢得失如何

急流勇退

只一笑恬然而过

把酒当歌

刘存发　治印

柳梢青

看懂伤情

糊涂

莫喜休悲

智慧人生

安然若素

看清心痛

似梦犹醒

刘存发　治印

自在随缘

糊涂更胜精明

刚柔并济

放心底

不务虚名

深藏不争

刘存发　治印

莫逐虚名

柳梢青

朗月多情

知足

清风无价

知足安全

尽享休争

不求利禄

刘存发　治印

经年辛苦躬耕

两间茅舍

又消得

一张书案

稻粱几升

乐在清平

刘存发　治印

从容淡定　与世无争

柳梢青·低调

剑敛锋芒

谦让淳诚

刘存发　治印

细尝后醇香绕萦

珠藏匣内

豁达胸怀平和心态

处事常恒

品味人生

清茶暗蕴浓情

刘存发　治印

柳梢青

富贫由命　辱宠何惊

澹然

四大皆空

意淡心轻

六根清净

刘存发　治印

感悟今生

一局残棋兰壶老酒

非关薄利虚名

笑对输赢

信天命无求不争

刘存发　治印

往事，如梦似金

——写在《柳梢青：感悟人生》付梓之际

也许是自己经历的事太多，所以对生活的感悟也颇为透彻。当人生将近一个甲子，记忆深处的感慨化为笔尖梳理划痕，在有意无意中浓缩成只言片语的哲理，或为不合平仄的诗词。总之，那些年收获的感悟存蓄在心头，不是资本也是财富，而美好的光阴和悄然而去的往事只能在记忆的光盘中珍存，如梦似金。

在懵懂的少年时代，我就跟随父母从城市来到乡村，村边的小桥、池塘、树林、麦场和朴实的村民，这一切一直驻留在我的脑海里。

升学后，父母下地劳作，不得已把我寄放在学校里，其实所谓的学校只不过是一个大房间和几十个自由打逗的孩子，各自分坐在不同的角落，有说有笑，无忧无虑，真的开心、快乐无比。后来村里有了新校舍，也配上了课桌，课程很轻松。放学后，同学们就奔向自己的港湾，尽情地疯狂，任意驰骋，下河游泳、摸鱼，上树掏鸟窝、捕蝉，田里挖野菜、割青草，满身泥汗也舍不得回家。

一转眼五年半的时间就这样打发了，竟丝毫没有“一寸光阴一寸金”的意识。上初中了，依旧是悠闲，作业不多，不用辅导即可完成，也不让家长检查签字，下课后还是乐此不疲地玩，到了麦假、秋假就辛苦了，整个假期都得在生产队里参加生产劳动。我喜欢秋天牵着毛驴砘地的感觉，特别是收工时可以骑着驴哼唱乡间小曲，那个潇洒劲儿简直是美得不得了。三夏割麦子活最苦，早晨天不亮就得下地了，早饭午饭都得在田间地头吃。金黄的麦浪一眼望不到头，长长的地头每天要割几个来回，大人们割三垄，孩子们割两垄，每次到达地头时，我总是把他们甩在后面一大截，然后便得意地躺在沟坎歇息，那个高兴劲就别提了。或许就是由于这份兴奋，全然忘记了烈日炎炎的暴晒，那苦和累的感觉也就大打了折扣。那两年给我印象最深的还是初中学段语文刘老

师那个厚厚的笔记本，里面贴满了从报纸上剪下来的诗词、语录等文摘的碎片，每当他读给我们时，我确实感觉比课本上的内容生动、耐人寻味，也许就是从这时起，我对诗词产生了浓烈的兴趣。

恢复高考那年，我刚入高中，四邻八乡总会听到谁家的孩子考到了什么学校，特别羡慕他们经过努力拼搏改变了人生的命运。此时的我才想起读书，渴望着知识。高一没读几个月又稀里糊涂地转成初三，这也让我激动不已，因为初中毕业也可以参加高考，于是自己整天抱着课本，也不再任性地玩。终于熬到坐在考场等发试卷了，老天爷却开了一个大玩笑，取消了初中生参加高考。我们无奈地离开考场，回去再读高中，而此时好一点的学校特别是公办中学，高中招生名额已满，幸运的是老家梁头中学录取了我。又经过两年的寒窗苦读，皇天不负有心人，1980 年我以班级第一的成绩考入了心仪的学校和专业。

后来，因为自身的刻苦努力，学业和事业于我而言可以说是天遂人愿、心想事成。正当公司的事业蒸蒸日上，人生达到巅峰时，命运再次捉弄了我。长时间的羁旅生涯，身边的孤寂、心中的压抑没有压垮我，反而使我的心智得到了启迪和升华，对人生有了新的认识。

我想，每一个人都是一样，无所谓充实和空虚，只有随着时光的流逝，经过岁月的洗礼、生活的沉淀，才能够得到百味的人生体验，那些常态化的苦与甜、得与失、是与非、愁与乐，在尘世间总是相随相伴、魂绕梦牵。其中，既有童年时的无知和无畏，也有青年时的轻狂、张扬，更不乏一些豪气，当然，也会夹杂着茫然若失的惆怅。其实，人到中年，多一分含蓄和谦卑，既可以独享事业成功的荣华，同样也能排解万般曲折带来的郁闷和压抑。至于人将老矣的保守固执，往往也彰显着人性的天真和思想的坚持，毋庸置疑，无可厚非。

一个人，置身社会无论高低贵贱，总会有人仰视，也会有人鄙视，抬头自卑，低头自傲，有虚荣也有遗憾，有高傲也有彷徨，有得意也有失意。但当你走过一程，再回眸，那些真正记得的和无法忘记的事屈指可数，有趣的日子真的不多，其实每个人的闪光点都不同，小草没有花香，没有树高，依然编织着大地的斑斓。所以，一个人唯有平视，才能看到真正的自己，人生也就多了一分慰藉。

人，都渴望美好的事物，当每一个醒来的清晨，睁开眼是明媚的阳光、飘浮的白云、婀娜的竹林，耳畔有小鸟的欢唱，打开窗是新鲜的空气、淡淡的花香，这诗一般的光景，可以让人微笑着迎接全新的一天。让过去的远去，让该来的快来，青春只有一次，生命仅此一回，让我们笑对生活，不管是从成功中走出，还是在失败中奋起，都应该为自己的人生找个支点，前方的路还很长，今后的生活会更精彩。

时值天津华厦建筑设计有限公司三十年华诞，既有酸甜苦辣的经历，也有喜怒哀乐的感悟。自己作为一名典型的“60后”，亲历的社会变革和人情世故相对较多，今昔对比，切身感受，自然会有所鉴别、有所顿悟，并且尝试着以文字的形式将自己肤浅的认知表达出来，结集成《柳梢青：感悟人生》，其中既没有语出惊人的见地，也没有感天动地的警句，但字里行间却蕴含些许真知灼见以及自己的人生感悟和现实哲理，虽不足以令人醒目，却能通过这些发乎心的真诚和每一位亲朋好友进行一次没有距离的沟通和交融，彼此共勉，一同互敬，与往事干杯！

在《柳梢青：感悟人生》付梓之际，特别感谢冯晓光老师对入集作品一一斧正，感谢天津书法家协会原副主席况瑞峰老师为作品提供墨宝，感谢北京书法家协会林岫主席题写书名，感谢中国书法家协会名誉主席苏士澍题记序言。

因作者的水平有限，作品疏漏、错误之处在所难免，恳请广大诗人词家、诗词爱好者批评指正！

刘存发

壬寅年立春于万和堂

声　明

因书法作品题写在前，后作者在各位老师的建议下对原词作的个别文字作了适当修改，所以，现在书中看到的有书法作品与印刷体不同之处。